Sead Košević

CHRISTINAS LÖFTE
Om våld mot kvinnor i krig och fred

Hjärtlig tack till:

Christina Doctare, <u>Hasan Džafić</u>, Mirsad D. Abazović, Iso Porović, Alija Arnautović och Emina Vojniković.

© Sead Kosevic, 2024
Förlag: BoD · Books on Demand, Stockholm, Sverige
Tryck: Libri Plureos GmbH, Hamburg, Tyskland
ISBN: 978-91-8057-860-8

FÖRORD

Dramat "Christinas löfte" bygger på fragment ur Christina Doctares liv, en svensk läkare, humanist, författare till flera böcker som också haft administrativa chefsuppdrag relaterade till hälso- och sociala frågor i Sverige. Christina är, i allmänheten, känd för sitt engagemang i kriget på Cypern 1974, samt kriget på Balkan 1992. Under kriget på Cypern var hon Sveriges första kvinnliga bataljonsläkare i FN-tjänst, medan under kriget på Balkan ledde hon, inom WHO, ett projekt för fysisk och psykisk rehabilitering. Christina var en av de första som rapporterade om systematiska våldtäkter under kriget i Bosnien och som representant för Sverige arbetade hon på Europeiska kommittén mot tortyr. Efter att Nobelkommittén beslutat att dela ut priset för litteratur till P. Handke, en förnekare av folkmordet på bosniaker, kroater och kosovoalbaner, gick Christina aktivt med i protesterna mot det bisarra beslutet. Hon var huvudtalare på ett möte som hölls den 10 december 2019 i Stockholm. I samband med demonstrationen lämnade hon tillbaka sin Nobels fredsprismedalj från 1988, som hon tilldelats gemensamt i egenskap av tjänstgörandet i FN:s fredsbevarande styrkor.

Dramat utspelar sig i Christinas lägenhet den 10 december, dagen då Nobelpriset delas ut. Christina tänker gå på mötet trots sina 76 år, lunginflammationen hon nyss drabbats av och den extremt kalla natten. Hennes vän Maria, som kom för att hälsa på henne, försöker avråda henne och som en liten Mefistofeles kastar hon Christina in i ett moraliskt dilemma – är hälsa eller engagemang viktigare? Är det, förresten, möjligt att förändra något i en sådan här värld, där det för varje dag blir mer och mer orättvisor, lurendrejare, bedragare och bedrägerier? undrar hennes väninna Maria. Samma dag får Christina ett oväntat besök. Det handlar om Harun, en svensk student av bosniskt ursprung. Till Christinas stora förvåning och glädje har han med sig hennes Nobelmedalj som hon i all hast tappat i det belägrade Sarajevo. Vad varken Christina eller Harun vet är att han är son till en våldtagen bosnisk kvinna.

Christina ägnade sitt liv från sina yngsta dagar åt kampen mot orättvisor och våld, både i krig och i sitt fredliga hemland Sverige. Alla de konflikter som hon deltog i satte djupa spår och efter Akademiens beslut kommer oroligheter tillbaka. Christina plågas av mardrömmar. Därför börjar pjäsen om Christinas liv med just en mardröm, som kan vara chockerande och obehaglig för en oförberedd tittare, eftersom Christina i sina drömmar tar sig fram till de våldtagna kvinnorna och lyssnar på deras vittnesmål. Överraskande, men också mycket berättigat, eftersom den här typen av, *in medias res*, inledning vill visa den hårda verkligheten hon hamnat i. Verkligheten som är jobbigare än de värsta mardrömmarna. En tung börda hon lägger sig med och reser sig upp med, som trycker på henne som en tung sten om dagen och inte låter henne sova på natten. Självklart plågas Christina också av den förskräckliga vetskapen att krigsförbrytare går omkring ostraffade, att man i Europa, som kallt sett på Chetniks brott i fyra år, nu försöker dölja, rentvå och förneka det. Det litterära priset till Handke, en av de största förnekarna av krigsbrott, vittnar om en sådan cynisk inställning hos västerländska, islamofobiska sociala kretsar om bosniakernas pogrom. I sitt protesttal markerar Christina detta med orden: "Tilldelningen av Nobelpriset i litteratur till Handke, säger bäst om en allmän amnesti för krigsförbrytelser, men också en allmän amnesi som gör att man får glömma och förneka vad som faktiskt hände." Därefter vänder hon sig till hatförespråkarna: "Prata inte till mig om litteratur som står över krigsförbrytelser ..."

Med andra ord, bör man konfronteras med ondskan starkt, men skäligt, för att avslöja både förövare och befälhavare, men också

4

förnekare, med syfte att skydda framtida generationer från våld och våld beaktade människor. Och inte bara i krig. Snarare överallt där det behövs. I det, till synes, fredliga Sverige pågår en mycket arrogant, förnedrande behandling av kvinnor. Genom skildringen av hennes uppsägning från jobbet på Socialstyrelsen där hon var konsult för medicinska frågor ser vi som bäst denna macho, våldsamma attityd mot kvinnor i Sverige på 90-talet. Cheferna ångrar inte att Christina slutar utan fruktar att ordet inte ska spridas – varför? Christina blev nedtryckt för att hon helt enkelt inte passade in i chefernas vision om underordning, lydnad, rädsla och tystnadens kultur, för arbetets och positionens skull. Christina "lärde sig" dock inte hålla tyst. Redan som gymnasieelev avlade hon ett löfte till sig själv att hon aldrig skulle vara tyst om sanningen. Christina avgav löften medan hon lyssnade på sin lärare och hans föreläsningar om den nazistiska labyrinten, som han brukade kalla Hitlers Tyskland, där han befann sig före II världskrigets början. Hennes lärare, vägledd av sin egen erfarenhet, talade också om den mur av tystnad han stod inför när han försökte varna för den kommande nazistiska ondskan. Precis densamma nihilistiska tystnad möter man när det gäller krigsbrott i Bosnien och Hercegovina.

Därför kommer Christina inte att vara tyst åt medlemmar av Svenska Akademien. Till dem säger hon att de skulle sitta vid åsnebänken och inte på en institution som Vetenskapsakademien. Speciellt inte efter deras oansvariga beslut att tilldela Nobelpris till Handke. En episod är tillägnad akademiker och deras arroganta syn på världen. Akademikernas karaktärer byggdes utifrån deras uttalanden till olika medier i samband med flera skandaler som skakade Svenska Akademien. Med sina självsäkra uttalanden, i sin inbilska storhet, framställer de sig själva *anakronistiska till groteskhet*, och det är så de framställs i detta drama. I grund och botten som högdragna akademiker utan någon koppling till tiden de lever i.

Christina, till och med, kommer inte att tiga för de mäktiga varken i krig eller fred. I kriget i Bosnien kommer hon inte att vara tyst om WHO-tjänstemäns krigsprofiterande verksamhet som hon avslöjar och dissekerar. Även till priset att bli av med jobbet, bli hånad, bojkottad och lämnad i sticket ger Christina inte upp. Vid femtio års ålder går hon in i det belägrade Sarajevo, inte en gång utan flera gånger. Dit gick hon in i tiden för den hårdaste beskjutningen av staden, då Nationalbiblioteket (Vijećnica), förstörts med serbiska bomber. Hon möter människor som desperata vandrar runt i staden på jakt efter vatten, mat, helt döva för granater, krypskyttar och alla andra krigsfaror. Hon åker också till andra bosniska städer, knyter kontakter och utvecklar sitt projekt för rehabilitering och hjälp till den utsatta befolkningen. På vägen möter hon många våldtagna kvinnor som anförtror sig till henne. Hon lyssnar och betecknar deras utsagor. Med dessa djupt smärtsamma vittnesmål åker hon till Genève där hon tillsammans med andra humanister blir en av de första som sprider nyheterna och sanningen om systematiska våldtäkter av bosniakiska kvinnor. Förutom flera vittnesmål från våldtagna bosniska kvinnor i början av pjäsen, presenteras även Eminas (Haruns mamma) vittnesmål.

Harun får veta sanningen om sin mamma av Christina. En smärtsam sanning som skär djupt i Haruns hjärta, men Christina lyfter honom från förtvivlan. Man kan inte hamna i förtvivlan medan förövare jublar över offren som tvingas leva i tystnad, ångest och fördömelse av sig själva, säger Christina. Harun får inte gråta över sitt öde. Istället råder hon honom att han minns sin mamma med vederbörlig fromhet, men samtidigt, för hennes själ, för alla offers själ, bör man ägna sig åt kampen mot förövare och våld. Hur? undrar Harun, för han är en oäkting med vargblod i sig. Christina har svar, för Christinas mamma blev också våldtagen och hon är också barn till en våldtagen kvinna och just med den vetskapen kämpar hon ännu mer mot orättvisor, våld, mobbare och ondska av alla de slag. Det är därför Christina ska skicka ett budskap från Stockholms torg till alla dessa uppblåsta svenska societetsfigurer, förnekare av folkmord och alla förespråkare för hat och våld.

Vi ser historien om Christina i 15 scener, episoder, skapade för teaterpublik, men också för bokläsare. Förutom handlingen som alltså utspelar sig här och nu den 10 december 2019 finns det flera "flashback scener" som en "produkt" av Christinas minne om hennes kamp i Sverige, Kroatien och Bosnien i början av 90-talet. Handlingen genomsyras därför mellan minnen och nutid, där vi ser en svensk hjältinna i sin kamp mot ondska. Det betyder att vi träffar två fysiska rollfigurer av Christina, 50-åriga och 76-åriga. Både med ungdomlig energi och kunnande i kampen för en bättre värld som vi alla, och såklart människor som Christina, förtjänar, som, förresten, hennes engagemang i kampen för sanning och rättvisa, förtjänar att beskrivas och uppmärksammas. Detta är ett sådant försök inspirerat av Christinas arbete och mod.

Hasan Džafić

Förordet skrevs efter flera samtal med min konsult Hasan Džafić som tyvärr, efter en kort tids sjukdom, gick bort utan att personligen ha hunnit skriva detta ord.

Med vederbörlig tacksamhet. / S. Košević

ROLLISTA:

Christina (Christina Doctare), läkare, mottagare av Nobels fredspris som 1988 tilldelades till FN:s fredsbevarande styrkor, 76 år gammal och som 49-åring medicinalråd på Socialstyrelsen, senare projektledare på WHO,

Harun, svensk medborgare av bosniskt ursprung, läkarstudent, 26 år,

Maria, anställd på Svenska Akademien, Christinas väninna, 60 år och som 33-åring Christinas sekreterare på Socialstyrelsen,

Dr. Cerić, Universitetsprofessor och läkare på ett krigssjukhus i Sarajevo, 50 år gammal,

Emina, 25 år, offer för krigsbrott våldtäkt, Haruns mamma,

Tjänsteman I, 55 år gammal,

Tjänsteman II, 40 år gammal,

WHO Aktivist I, 60 år gammal,

WHO Aktivist II, 45 år gammal,

Akademist I, 65 år, ledamot av Svenska Akademien,

Akademist II, 50 år, ledamot av Svenska Akademien,

Frilansare, 33 år gammal,

Irma, offer för krigsbrott våldtäkt,

Ena, offer för krigsbrott våldtäkt,

Mejra, offer för krigsbrott våldtäkt,

Alma, offer för krigsbrott våldtäkt,

Damen, Berusad man, Löpare, Kvinna med dunk, Sarajevobo I, Sarajevobo II och Sarajevobo III,

Kvinnor – offer för krigsbrott våldtäkt, medlemmar av serbiska paramilitära formationer, UNPROFOR-soldater.

NOTERA:

Karaktärerna; Tjänsteman I, Akademist I, WHO Aktivist I, bör spelas av samma skådespelare. Detsamma gäller karaktärerna Tjänsteman II, Akademist II, Aktivist WHO II. Samma statister i pjäsen, manliga och kvinnliga, spelar också olika grupper av karaktärer listade i slutet av karaktärslistan. Christina Doctare spelas av två olika skådespelare som **Christina**, 76 år, och **Medelålders Christina**, 49 år, liksom **Maria**, 60 år, och **Ung Maria,** 33 år. Här i texten och för enkelhets skull kallas de för Christina och Maria genom hela pjäsen.

Handlingen utspelar sig i Stockholm 2019 och i Stockholm, Zagreb och Sarajevo under perioden 1992 till 1993.

1.
MARDRÖM

1992, kriget i Bosnien härjar.

Någonstans i, av serbiska paramilitära soldater, ockuperad del av Bosnien, i rök och dimma, rör sig en grupp kvinnor i trasiga vita klänningar fläckiga av blod. Dessa är kvinnor – offer för krigsbrottet våldtäkt. De rör sig långsamt, planlöst (utan riktning eller mål) och ser ut som zombies. De är omgivna av beväpnade medlemmar av paramilitära serbiska formationer, som har svarta banditmasker dragna över deras huvuden och ansikten. Stiliserade rörelser av vilda djur kan anas i deras rörelser. Runt dem finns däremot UNPROFOR-soldater, vars rörelser liknar marionetternas rörelser i en dockteater. Allt ser overkligt ut, somnambulistiskt tillstånd, som en scen från helvetet.

Christina Doctare, 49 år, springer runt med sin karaktäristiska tantväska. Upprörd och andfådd vänder hon sig till UNPROFOR-soldaterna.

CHRISTINA *(upprörd, till UNPROFOR-soldater)*:
Jag heter Christina Doctare, representant för WHO. Jag kommer från Sverige. Jag levererar humanitärt bistånd till det belägrade Sarajevo. Låt hjälpen komma fram.

En UNPROFOR-soldat, med gester "säger till" henne att lugna ner sig, en annan tar med sig en skottsäker väst och hjälper henne att ta på sig den. Christina tar på sig västen och lägger märke till "attackerna" av maskerade personer: ibland mot kvinnor, ibland mot UNPROFOR-soldater.

CHRISTINA *(upprörd, till UNPROFOR-soldater)*:
Ser ni detta!? Rapporterar ni om det? Vet Europa vad som händer här? Känner det internationella samfundet till krigsförbrytelserna som begås av den serbiska armén och paramilitära formationer? Varför skriver ingen om det? Varför råder tystnad om detta? Var är journalisterna? Är det sant att det finns koncentrationsläger för muslimer och kroater? Är det sant att systematiska våldtäkter av kvinnor utförs? Jag vill se själv!

Christina går i riktning mot kvinnor, men En UNPROFOR-soldat försöker stoppa henne i hennes avsikt, men hon undflyr honom och går vidare. Hennes väg är sedan avskuren av serbiska paramilitära män. De stänger av alla vägar till kvinnorna och de är ett oöverstigligt hinder för henne.

CHRISTINA *(till serbiska paramilitära formationer)*:
Jag kommer från Världshälsoorganisationen! Jag har tillstånd att röra mig fritt! Den var undertecknad av era befälhavare och politiker! Här, titta!

Christina öppnar sin handväska, tar fram några papper, visar dem. Efter detta uppstår förvirring bland medlemmarna i de paramilitära formationerna, de är oroliga som getingar i en kupa. I sina "rusningar" på Christina slet de papperen ur hennes händer, började undersöka dem från båda sidor. De misstänker uppenbarligen att det handlar om förfalskningar. Sedan rycker de hennes handväska, öppnar den, rotar igenom den, kastar dess innehåll på marken. Det finns bland annat foton på hennes familjemedlemmar, en Nobelmedalj, anteckningsbok och ordbok. De tar ifrån henne en kamera som försvinner från hand till hand. Christina ställer sig modigt upp mot dem, tar sin handväska tillbaka och stoppar tillbaka sina saker i den.

CHRISTINA *(beslutsam och skarp)*:
Vad gör ni!? Lämna det! Varför stör ni er på mina saker?

Efter att ha samlat ihop sina tillhörigheter försöker Christina återigen "bryta igenom" avspärrningen av medlemmar i de serbiska paramilitära formationerna, återigen är det en folkmassa och trängsel.

CHRISTINA *(brottas nästan med ligister, beslutsamt, hårt)*:
Ni kan inte hindra mig från att passera! Ni har fel om ni tror att det ni gör kommer att gå oupptäckt! Och ostraffat! Flytta er ur vägen så jag kan passera!

Christina lyckas äntligen ta sig till närmaste grupp kvinnor. Hon försöker "kommunicera" med dem, men hon lyckas inte – kvinnorna ignorerar henne. En kvinna som gick förbi henne spottade till och med på henne. Christina blir först chockad, men återfår snabbt sitt lugn, så hon följer efter henne i all hast. Plötsligt dök en kvinna, IRMA, upp framför henne. Hon är ett offer för krigsbrottet våldtäkt. Fylld av rädsla såg hon sig om och vinkade till Christina att komma närmare. Christina närmar sig.

IRMA *(i förtroende)*:
Jag blev våldtagen av serbiska soldater. På hotellet "Vilina Vlas" i Višegrad. Jag och min dotter. Hon var inte ens fjorton år.

Christina tog hastigt fram en anteckningsbok ur handväskan och började skriva i den.

IRMA *(desperat)*:
Sedan skilde de oss åt. Jag vet inte vart de tog henne. Jag vet inte om hon ens lever. *(Paus. Resignerad:)* Som ni ser, jag är vid liv men helst vill jag inte leva.

Christina slutar skriva, går fram till Irma och ger henne en kram av medkänsla medan en till kvinna, ENA, närmar sig dem.

ENA:
Jag är från Brčko. Efter att chetnikerna hade ockuperat staden dödades många män och många fördes till koncentrationsläger. De tog mig och flera andra kvinnor till hotellet "Vidikovac" nära Zvornik. Där var dussintals fängslade kvinnor och flickor från Zvornik, Bijeljina, Vlasenica, Bratunac och andra platser från hela Podrinjeområdet ... Chetniks våldtog oss dag och natt. De gjorde narr av oss ... Det här är första gången jag pratar om det. Tills nu vågade jag inte säga ett ord för jag var rädd för missförstånd, fördömelse ...

En kvinna, MEJRA, närmar sig dem – ett till offer för krigsbrottet våldtäkt.

MEJRA:
Flera hundra kvinnor från Doboj och dess omgivningar, inklusive jag, greps av Chetniks och eskorterades till skolcentret där jag var lärare före kriget. Brottslingar våldtog mig otaliga gånger där, i rummen där jag undervisade deras barn tills nyligen. Bland dem var mina tidigare elever. Minderåriga flickor utsattes också för våldtäkter. På natten kom berusade soldater för att hämta dem, och med skott och slag skildes flickorna från sina mödrar. Att gråta och be dem att inte göra det hjälpte inte. *(desperat)* Många kvinnliga fångar överlevde inte Chetniks frenetiska våldtäkter.

Mejra grät smärtsamt. Christina gick fram till henne, och kramade henne med stor medkänsla medan en till kvinna, Alma, närmade sig dem.

ALMA:
I fem månader satt jag fängslad i Vogošća, i ett kvinnoläger kallat "Hos Sonja". Före kriget var det en krog. Under kriget förvandlades det till ett våldtäktsläger där muslimska kvinnor, mestadels unga kvinnor och flickor, våldtogs. Det gjorde inte bara

13

serbiska soldater, utan även medlemmar av UNPROFOR gav sig på oss.

Christina, chockad över vad hon hörde, slutar skriva, tittar med misstro på Alma.

ALMA:
Du hörde rätt: UNPROFOR-soldater våldtog oss också. Skriv mitt namn också, jag har ingenting att dölja.

Christinas mardröm fortsätter. Christina lämnar pennan och anteckningsboken i handväskan, går resolut till närmaste UNPROFOR-soldat, från vilken hon får en mikrofon. Helt plötsligt står hon på Norrmalms torg i Stockholm, där folk protesterar och kräver av politiker att agera och stoppa kriget i Bosnien. Där hörs orden "Stoppa kriget", "Låt Bosnien leva", "Europa vakna". På sidan dyker flera kvinnor upp med band över bröstet där det står "Kvinna till kvinna", några med inskriptionen "Låt Bosnien leva". Gamla kvinnor går runt med burkar för att samla in pengar.

CHRISTINA *(i mikrofonen, på samma sätt som krigsreportrar)*:
Varje krig är fruktansvärt på sätt och vis, men det är något specifikt med kriget i Bosnien och Hercegovina. Det handlar om massvåldtäkt. Det är ett krigsbrott i stor skala, utan motstycke i krigshistorien. Tydligen är det en del av en militär och politisk strategi att förödmjuka en hel nation. Våldtäkt av kvinnor, tillsammans med koncentrationsläger, plundring, dödande och deportering av befolkningen, är instrument för etnisk rensning och folkmord. Vi kan inte låta bli att fråga oss själva – är det möjligt att sådant här händer på Europas mark i slutet av 1900-talet!?

En UNPROFOR-soldat närmar sig beslutsamt Christina och tar bort hennes mikrofon.

14

CHRISTINA *(högt, bakom UNPROFOR-soldaten)*:
Deltar ni, FN-soldater, i att dölja sanningen, också!? Det betyder att ni i tystnad accepterar brott. På så sätt blir ni medskyldiga till brotten!

Christina kommer fram och skriker högt i kampen att hennes röst hörs.

CHRISTINA:
Europa, vakna! Världen, vakna! Reagera! Stoppa ondskan! Kriget måste stoppas så snart som möjligt och humanitärt bistånd måste levereras till den drabbade befolkningen. Krigsoffer behöver er hjälp.

Tre medlemmar av paramilitära serbiska formationer springer fram till Christina, tar tag i henne och drar henne tillbaka. Hon försvarar sig desperat, under vilket de sliter i hennes kläder.

CHRISTINA *(kämpar emot, desperat)*:
Vad gör ni?! Ni kommer inte att stoppa mig, era förbannade skurkar! Ni kan varken skrämma eller tysta mig! Släpp mig!

Men mardrömmarna slutar inte med detta. Plötsligt bryter ett högt, skrämmande skratt ut. Marias man, mycket elegant klädd, går runt och leder i ett hundkoppel Maria (33 år), som är helt frånvarande, apatisk. Hon har höga klackar och underkläder på sig. Marias man håller en kort scotch i handen, och då och då piskar han unga Maria, som bara vrider sig av smärta utan att säga ett ord. De paramilitära soldaterna tittar på scenen framför sig och släpper Christina som springer mot Maria.

CHRISTINA *(i panik till Maria)*:
Gå inte efter honom. Vänlighet och hundlydning hjälper absolut inte. Ingenting kan ändra på honom. Spring, Maria, spring.

De paramilitära soldaterna drar nu beslutsamt bort Christina medan Marias man drar Maria i koppel och drar henne till andra sidan under flera piskslag.

CHRISTINA:
Låt mig gå! Släpp mig!

2.
BESÖK

10 december 2019, Christinas hem i Stockholm.

Sjuttiosexåriga Christina sover i en fåtölj, i sittande ställning, och hallucinerar i sömnen. Framför henne står ett soffbord, med en bärbar dator på och utspridda papper, en anteckningsbok (från hennes mardröm), skrivhäfte och ett stort fotoalbum. En aning djupare finns ett köksbord.

CHRISTINA *(skriker i sömnen)*:
Släpp mig! Låt mig gå!

Christina rätade sig plötsligt upp och vaknade. Hon är livrädd, andas snabbt – uppenbarligen hade hon en mardröm för ett tag sedan. Sedan hostar hon, hårt, astmatisk, hon kan inte hämta andan. Det ringde en kort stund på ytterdörren. Christina kämpar med ett hostanfall. Klockan ringer ännu en gång, denna gång längre. Kämpande med hosta tog Christina tag i medicinlådan från soffbordet. Hon tar hastigt inhalatorn från lådan och genom att använda den lugnar hon gradvis hostan.

Från ytterdörrens håll ringde klockan ännu en gång, följt av ljudet av att dörren låstes upp. När hostan lagt sig helt rätar sig Christina upp i fåtöljen och andas lättad ut som efter hårt arbete. Sextiåriga Maria kommer in med en påse full med matvaror. Hon lägger påsen åt sidan samtidigt som hon tar av sig kappan.

MARIA *(tillrättavisande)*:
Kära Christina, varför öppnar du inte!? Jag trodde att något har hänt dig!

CHRISTINA *(härmar Marias ton)*:
Kära Maria, varför ringer du på klockan och väntar på att jag ska öppna dörren? *(tillrättavisande)* Varför kommer du inte in själv!? Varför gav jag dig en reservnyckel!?

MARIA *(ser Christinas inhalator på bordet, orolig)*:
Fick du astmaanfall igen?

CHRISTINA:
För en liten stund sedan.

MARIA:
Hur mår du nu?

CHRISTINA *(motvilligt)*:
Bra.

MARIA:
Du ser inte ut så.

CHRISTINA:
Hur ser jag ut?

MARIA:
Du är blek...

CHRISTINA:
Jag har sovit dåligt i natt. I morse satte jag mig i fåtöljen för att läsa något och somnade.

MARIA:
Och jag väckte dig.

CHRISTINA:
Mardrömmar väckte mig innan du kom.

18

MARIA:
Igen?

CHRISTINA:
Igen och igen och alltid samma sak. Jag ser de stackars, torterade, förnedrade kvinnorna omgivna av bedragare, rövare och mördare. Och alla de där politikerna, akademisterna. Allt blandades ihop, och jag var maktlös att göra någonting alls, för att hjälpa dem.

Maria, går till dörren och plockar upp kassen med mat hon lämnat. Hon närmar sig köksdelen och kaffemaskinen.

MARIA:
Du kan åtminstone sova med gott samvete.

Hon tar koppen och pekar utan att säga ett ord på Christina som ett tecken på att fråga, "Vill du ha kaffe?" När hon får ett jakande svar från Christina fyller hon på kaffe till henne. Maria gjorde sig en kopp kaffe. Allt detta går hand i hand med samtalet som följer.

CHRISTINA:
Och sover inte ändå.

MARIA:
Du tar för mycket till dig. Du ser helt utmattad ut. Jag minns hur hjärtligt du stod upp för mig. Jag står dig i skuld för evigt.

CRISTINA:
Vår vänskap är inte byggd på skulder till varandra.

MARIA:
Men iallafall det är dags att ägna dig åt dig själv och din hälsa.

CHRISTINA:
Efter att Svenska Akademien för två månader sedan utropade Peter Handke som Nobelpristagare i litteratur kan jag varken lugna ner mig eller njuta av någonting – jag har ingen riktig ro. Hela tiden ser jag ansikten av alla dessa lidande människor. Efter att ha överlevt krigets fasa står de inför ännu en förnedring – att vår akademi gör narr av dem, på ett så perfid sätt.

MARIA:
Du överbelastade dig själv både fysiskt och psykiskt. Du verkar vara uppe sent igen. Bordet är fullt av papper.

CHRISTINA:
Gick igenom några gamla skrifter om kriget i Bosnien, många saker glömdes bort.

MARIA:
Inget konstigt, nästan trettio år har gått sedan kriget. Jag måste erkänna att du vid 76 års ålder har bättre minne än jag.

CHRISTINA *(reser sig upp och pekar på bordet)*:
Mitt minne ligger precis där på bordet, framför dig. Mina böcker, mina tidningsartiklar, mina krigsanteckningar, ett fotoalbum, det är mitt minne.

MARIA:
Ingenting konstigt om man vet vad du har gått igenom.

CHRISTINA *(med ett ironiskt leende mot sig själv):*
Verkligheten jag upplevt kommer nu genom mardrömmar.

MARIA:
Posttraumatisk stress. Jag började drabbas senare, när jag trodde att allt var över. Du som läkare vet säkert mycket bättre om det.

CHRISTINA:
Jag är inte säker på detta längre, för direkt efter hemkomsten från Bosnien hade jag inte en lugn natt på länge.

MARIA:
Vi träffades strax efter att du avslutat ditt uppdrag på Cypern, och du klagade aldrig över mardrömmar.

CHRISTINA:
Även efter Cypern hade jag mardrömmar under lång tid men då var jag yngre, starkare, vem vet? Jag var läkare i FN-bataljonen där vi bevarade fred. Mina två söner var med mig i det fredsuppdraget. Det hade inte skett några större incidenter på länge så vi från FN-bataljonen ordnade även gemensamma middagar med, i sin tur, grekiska och turkiska officerare och politiska företrädare för Cypern. På en sådan middag en turkisk officer som satt bredvid mig pratade över vin och på ett övermannande sätt började han skryta om att de skulle ockupera hela Cypern om några dagar. Jag förmedlade det till vår bataljonschef, som bara skakade på huvudet med ett sarkastiskt skämt om en berusad turk och en svensk blondin. Jag svarade: "Glöm inte det gamla ordspråket – in vino veritas." Och så en morgon, precis på den dagen som den turkiska officeren nämnt för mig, väcktes jag av skottlossning, oväsen, kaos. Jag sprang in i rummet, tog tag i Claes och Johan och sprang ut. Med skräckslagna barn i famnen sprang jag utan att vända mig om. Någon instinkt sa till mig att detta var min enda chans. Och så var det. Några hundra meter därifrån tog FN-soldater emot mig. Dessa bilder kommer nu tillbaka som mardrömmar, ofta blandade med de som upplevdes i kriget i Bosnien.

MARIA:
Jag väntar bara tills du blir frisk från lunginflammationen och tills den tråkiga hostan avtar så vi kan gå på körrepetitioner. Det är där man slappnar av lite och får positiv energi.

CHRISTINA:
Det är inte dags för mig att sjunga än.

MARIA:
Absolut inte. Tro mig, jag känner inte för det heller.

CHRISTINA:
Varför?

MARIA:
Det är väldigt kallt ute och temperaturen fortsätter att sjunka. Minus tjugo grader väntas.

CHRISTINA:
Verkligen!?

MARIA:
Vintern visar tänderna .., vill du ha en kanelbulle till kaffet? Jag köpte bröd också – det du gillar mest.

CHRISTINA:
Orkar inte nu. Det blir bra med kaffe.

Telefonen ringer på skrivbordet. Christina vill resa sig för att hämta mobilen, men Maria är snabbare.

MARIA:
Sitt ner. Jag tar med telefonen.

CHRISTINA:
Förmodligen en av sönerna. De oroar sig, de ringer varje dag.

Maria tar fram telefonen och tittar på displayen.

MARIA *(ger mobilen till Christina):*
Det är ingen av dem ... Okänt nummer.

CHRISTINA *(i telefonen):*
Christina Doctare ... Vem? ... Vad tog du med dig? … *(Med misstro:)* Min medalj? ... Någon skämtar med mig!? … *(glad)* Du håller Nobelmedaljen i dina händer med mitt namn ingraverat!? ... Och var är du nu? ... Stanna där, jag kommer om en minut ...

Christina skyndar mot dörren.

CHRISTINA:
Jag kommer tillbaka, snart.

MARIA:
Vad händer?

CHRISTINA *(På vägen ut, lyckligt)*:
Medaljen jag tappat i Bosnien hittades! ... Jag kan inte tro det! ... Den kom till min dörr!

MARIA *(ropar efter Christina som redan gick ut)*:
Christina, ta det lugnt, du går sönder! ... Ta på dig kappan!

MARIA *(för sig själv)*:
Vem pratar jag med? ... Hon kommer aldrig till besinning!

Maria tar först nu en klunk kaffe och rynkar sedan pannan som om hon druckit något dåligt.

MARIA:
Christinas svaga kaffe, för hjärtpatienter.

Maria sträcker ner handen i sin handväska och tar fram en fickplunta sedan häller ut hälften av innehållet i sin kopp och först nu tar hon en bra klunk.

MARIA:
Så, inget värre än svagt kaffe på den vargavintern.

Christina kommer in snabbt och euforiskt med Nobelmedaljen i händerna och visar den glatt för Maria.

CHRISTINA:
Maria! ... Här är min medalj! Efter nästan trettio år är den i mina händer igen! … Titta! … Jag kan inte tro det!

MARIA *(tillrättavisande)*:
För Guds skull, Christina, minska euforin! ... Förklara sakta för mig vad som händer!

CHRISTINA *(visar upphetsat medaljen för Maria)*:
Det här är min Nobelmedalj.

MARIA:
Din Nobelmedalj!?

CHRISTINA:
Precis. Förstår du inte!? Detta är min medalj – förtjänst för deltagande i FN-trupperna på Cypern 1974. Vi pratade precis om det. Du vet väl att jag är en av mottagarna av Nobels fredspris som 1988 tilldelades till FN fredsbevarande styrkor, men jag berättade aldrig att jag tappade medaljen i krigets fasor i Bosnien. Mina goda bosnier hittade den och lämnade tillbaka den till mig … *(Kommer ihåg att hon inte var ensam för ett ögonblick sedan)* Vart försvann den bosniska killen?

Harun dyker upp, men tvekar vid ingången.

CHRISTINA:
Varför står du där? Varsågod – kom in!

HARUN:
Ville inte vara till besvär.

CHRISTINA:
Vilket besvär!? Du är min kära gäst!

HARUN:
Tack.

CHRISTINA:
Det här är min vän Maria … *(till Maria)* Det är … *(till Harun)* Herregud, jag har redan glömt ditt namn. Förbannade ålderdom!

HARUN *(till Maria medan han sträcker ut sin hand)*:
Jag heter Harun.

MARIA *(skakar hand med Harun)*:
Maria.

CHRISTINA *(stirrar fortfarande hänfört på medaljen)*:
Ja, det är just den medaljen. Precis ikväll, som förbeställd.

Maria himlar bara med ögonen, åt Christinas eufori, och vänder sig sedan mot Harun.

MARIA:
Kaffet står på bordet, var så god att komma in.

HARUN:
Kaffe, ja tack.

CHRISTINA *(fortfarande helt nöjd)*:
Jag förstår inte att en ung man kommer till dörren och lämnar min medalj! Hur?

HARUN:
Ren slump. Det hände att vi, fyra bosnier från Umeå, kom idag till protestmötet. Och då sa jag till mig själv – ett bra tillfälle att lämna tillbaka medaljen till sin rättmätige ägare.

CHRISTINA:
Nåväl, kom du hela vägen från Umeå för mötet och medaljens skull? En lång och dyr väg.

HARUN *(sätter sig ned)*:
Kort och billigt för oss studenter. En timme med flyg och till och med billigare biljett än kollektivtrafiken i Stockholm.

MARIA:
Vilket möte? När?

HARUN:
Protest mot Nobelpriset till Handke, Christina vet säkert mer.

CHRISTINA *(reagerar snabbt, som om hon vill byta ämne)*:
Inte mycket mer än andra. Förresten, vad studerar du högst uppe i Sverige?

HARUN:
Medicin. Sista studieåret.

CHRISTINA:
Bravo!

MARIA *(sträcker sig efter bullarna och bjuder dem till Harun)*:
Kanelbulle?

HARUN:
Kanelbulle med kaffe, förstås.

MARIA *(försiktigt och listigt försöker hon närma sig Harun)*:
Så trevligt. Varsågod, Harun. Och det där mötet ikväll, vem är inblandad?

HARUN:
Jag vet inte så mycket mer än ...

CHRISTINA *(hoppar snabbt in i konversationen)*:
Förvisso ingen av de svenska politiker- och hovherrarna. I kväll är de sysselsatta med det som ligger närmare deras värderingar – med en riklig måltid, vinet och balen.

MARIA:
Så långt kan jag också. På Akademien skojar de även på protestanternas bekostnad. Min bästa vän Christina, som kan allt om bosnier och Bosnien, nämner inte någon protest alls så jag trodde att det inte blir någonting av detta.

CHRISTINA *(Genom skratt, presenterar Maria på nytt)*:
Glömde betona – min bästa vän Maria. Alltid på sin vakt, alltid misstänksam.

HARUN:
Att ha en bra vän är väldigt, väldigt, viktigt. I Sverige är det ett stort problem. Min mamma hade knappt någon.

CHRISTINA*(snabbt kopplas med Haruns ord, tydligen för att byta Marias obekväma frågor)*: Ensamhet – det svenska samhällets största problem. Lyckligtvis ses vi två nästan varje dag.

HARUN:
Alltså en vänskap sedan många år?

CHRISTINA:
Både genom tårar och sång. I många år arbetade vi mycket nära varandra, och sedan, på kvällarna, sjöng vi i kören.

HARUN:
Sjunger ni i kör?

MARIA *(som sysslar med jobbet i köket, högt):*
I över trettio år, varje vecka.

HARUN *(mer för sig själv):*
Vilken vacker vänskap. När jag var liten väntade jag med stor glädje på något av de få besök vi fick hemma hos oss. Det var en riktig helg för mig, något väldigt viktigt, speciellt.

CHRISTINA:
Så ensamma ni var?

HARUN:
Väldigt, väldigt mycket.

CHRISTINA:
Otur. Man kan anstränga sig hur mycket som helst, men aldrig hitta en sann vän. Jag snarare hade mer tur än att jag gjorde något speciellt för denna vackra vänskap med Maria.

MARIA:
Du gjorde många, väldigt speciella grejer. Både som vän i kören och som chef på jobbet, speciellt genom att räcka ut en hjälpande hand och ta mig ut ur mitt äktenskaps helvete. Det är inte en liten sak, när man vet att det finns någon som står bakom dig.

28

HARUN:
Det ser ut som att ni haft många spännande stunder tillsammans. Christinas medalj vittnar säkert om många händelser också.

MARIA:
Medalj, visst? Nu kom jag ihåg. Senast jag såg den var på Socialstyrelsen. Jag packade Medaljen själv när vi flyttade ut från kontoret efter konflikten med våra hänsynslösa chefer.

CHRISTINA:
Du menar när vi sagt upp oss från en institution som började ruttna i nepotism och omoral. Det går inte att glömma.

MARIA:
Du lärde de inbilska cheferna en bra läxa då. Än idag kan jag minnas varje ord.

3.
FLASHBACK: UPPSÄGNING

1992, Svenska Socialstyrelsen i Stockholm.

Chefens kontor (Tjänsteman I). Medan Tjänsteman I pratar i telefonen kommer Tjänsteman II försiktigt in med några papper i handen. Tjänsteman I, lägger märke till honom och vinkar till hon- om att komma närmare.

Christina då 49 år och hennes sekreterare Maria 33 år har jobbat på den tiden på Socialstyrelsen.

TJÄNSTEMAN I:
Ja, ja, vi ordnar det. *(liten paus)* Hon är på semester några dagar. Vi kommer att kontakta henne så fort som möjligt ... Ja visst, jag förstår att det är bråttom. Ah, så ..., okej .., tills imorgon. Okej ..., ja, tack. *(Lägger ner telefonluren och vänder sig till Tjänsteman II.)* Hörde du?

TJÄNSTEMAN II:
Vad?

TJÄNSTEMAN I:
Samtal. De söker Christina. Det är fjärde samtalet i dag. WHO, SIDA, UD och även socialministern som gav oss grönt ljus för att bli kvitt henne, vill plötsligt att Christina kontaktar honom. Hennes humanitära projekt blev beviljat precis nu när hon hotar med uppsägning med förklaringen att det inte går att samarbeta med oss. Det kan spridas utanför institutionen. Vad ska vi göra nu? Tala? Har du någon idé?

TJÄNSTEMAN II *(pekar på papperen han håller i sin hand):*
Vi måste hitta på något för att sparka henne, istället.

TJÄNSTEMAN I:
Inga påhitt, nu! Det kan visa sig vara raka motsatsen, att vi här sysslar med konspiration och intriger. Du tryckte för hårt för att driva ut henne, bara för att ta hennes plats.

TJÄNSTEMAN II:
Iallafall var hon en besvärlig medarbetare för ledningen av organisationen på grund av hennes obehagliga ton och behovet att säga saker direkt i ansiktet. Hon väste speciellt åt dig och vår minister, det var därför han gav oss i uppdrag att ta bort henne, och titta nu?

TJÄNSTEMAN I:
Och nu gnäller han som en valp, för att hans rejting sjönk. Nu vill han bli en välgörare på andras bekostnad. Det finns ute en dåre som ville ut i krig. Christina till krig, och vår gode minister ut på tv och tidningar, med låtsasuttalande om att stödja Christina och hennes projekt. Humanist, utan tvekan.

TJÄNSTEMAN II:
Hur som helst så blev det bra. Vi ska bli av med Christina utan att lyfta ett finger. Hon skulle leda projektet genom WHO, eller hur?

TJÄNSTEMAN I:
Ja, som tur är sysslar vi inte med nån humanism alls. Bara för att övertyga henne att avsluta anställning i samförstånd. Nåväl, låt henne sedan tappa huvudet i det där vargboet på Balkan.

TJÄNSTEMAN II:
Huvud? Hon hade aldrig huvudet. Från chefens position i det lugna Sverige går hon till något stamkrig. Ser du inte att hon rusar genom livet som en fluga utan huvud.

TJÄNSTEMAN I:
Bra sagt – en huvudlös fluga.

TJÄNSTEMAN II:
Hon startade häxjakt på Institutionen och ministeriet, istället för att vara tyst och behålla en välbetald tjänst …

TJÄNSTEMAN I:
… Som du skulle göra? Nu, vid Gud, kommer du att få ett kvinnojobb. Du får genast ligga på rygg.

De skrattar högt åt skämtet. Christina dyker upp i dörren, i sällskap av Maria. De håller var sin A4-papper i sina händer.

CHRISTINA:
Det verkar som om vi kommer vid bästa tidpunkten. Glada skratt ekar genom Institutionen, ska jag gissa anledningen, eller?

Tjänsteman I, återfår snabbt sitt lugn och spelar ovanligt stor artighet medan han går mot Christina med utsträckt hand.

TJÄNSTEMAN I:
Christina, varsågod! Välkommen! Mina gratulationer.

CHRISTINA *(ignorerar hans utsträckta hand):*
Ta det lugnt. Jag förstår väl att det handlar om glädje för att jag lämnar posten, eller hur?

TJÄNSTEMAN I:
Nej, inte alls. Din framgång är – vår framgång. Vi kan stolt säga: Vår Christina har jobbat här. Det var här ett stort projekt av svenskt humanitärt bistånd föddes …

CHRISTINA:
… Men, vad säger du? Under alla dessa år har jag inte hört ett enda bra ord. Allt jag gjort var föremål för nedsättande och förlöjligande. Det minsta påpekande, upplysning eller rapport har tagits med förnedrande kommentarer.

TJÄNSTEMAN II:
Dina rapporter väckte vår beundran. Givetvis med små kritiska betraktanden.

MARIA:
Du kan bara betrakta nån kjol, inte en expertrapport.

TJÄNSTEMAN I:
Snälla, Maria, låt oss inte förolämpa varandra. Det är din personliga åsikt från en sekreterares perspektiv.

CHRISTINA:
Sekreterare Marias perspektiv!?

TJÄNSTEMAN II:
Vad är fel med det? Maria är bara en enkel sekreterare.

MARIA:
Och du är bara en enkel pucko!?

TJÄNSTEMAN II:
Har jag sagt något dåligt?

MARIA:
Vad!?

CHRISTINA:
Absolut ingenting. Från dig bara talar din riktiga – du.

TJÄNSTEMAN II:
För att vara ärlig, den tjänsten är inte för en kvinna. Det är liksom ett manligt jobb. Det finns ingen plats för överkänslighet, för kvinnor och tårar.

MARIA:
Du har bara glömt säga att ni, män, är orsak till varje tår, med all er svindel, tjafsande och även äckliga tafsande.

CHRISTINA:
Exakt, Maria. Allt föraktades inte för att det var dåligt, utan för att det kommer från en kvinna som vågar berätta för ett sällskap av manschauvinister hur saker och ting ska göras. Jag levde länge i tron att hårt arbete kan förändra något. Men det var där jag gjorde ett misstag, för mina chefer var nollor som använder påhitt för att dölja sin inkompetens.

TJÄNSTEMAN II:
Tack, om du tycker att vi är inkompetenta.

Tjänsteman I lugnar Tjänsteman II med ett tecken med handen, och kliver sedan fram med sitt "handelserbjudande".

TJÄNSTEMAN I:
Det är dags att begrava stridsyxan. Därför vill vi be om ursäkt för allt och samtidigt föreslå en mycket frestande överenskommelse om uppsägning.

MARIA:
Överenskommelse, kan det vara nån överenskommelse med er två?

CHRISTINA *(till Maria)*:
De är rädda att det skulle bli en skandal – *(till tjänstemän)* det är därför ni spelar snälla, men under alla dessa år hindrade ni alla mina initiativ.

TJÄNSTEMAN I:
Vi gav dig en chans och stöttade ditt arbete.

34

CHRISTINA:
Ja, ni stöttade, men hur? Genom att bakom ryggen göra smussel, sexistiska påhitt och alla andra snuskiga, lasciva, allusioner, allt på grund av brist på mod och kunskap för att lösa de problem för vilka ni utsågs till ledare i denna organisation.

TJÄNSTEMAN I:
Detta är dina personliga känslor och insinuationer, precis som du i din uppsägning uppgav att det inte går att samarbeta med oss.

CHRISTINA:
Jag säger upp mig, för det är den enda vägen ut ur mardrömmen från era smutsiga spel, men jag vill inte lämna den här platsen och låta er tro att ni har blivit av med en obekväm medarbetare. Nej, jag slutar för att jag inte vill jobba med de som är helt inkompetenta och olämpliga för sina uppdrag.

TJÄNSTEMAN II:
Vuxna Christina ger moraliska smällar.

TJÄNSTEMAN I:
Enligt din beskrivning – nästan rena brottslingar är vi.

CHRISTINA:
Det är vad du säger men jag säger – att sitta på en så hög position och håna min rapport om behovet av att förhindra omskärelse av flickor både i Afrika och här i Sverige är kriminellt beteende. Vad hände, förresten, med min rapport om spridningen av medicin som är mer beroendeframkallande än droger? Här föredras läkemedelsindustrin framför den svenska ungdomens hälsa, därför lämnades den rapporten också längst ner i byrålådan.

TJÄNSTEMAN I *(ilsknande)*:
Jag vill inte lyssna på dina kvinnotirader längre. Det här är rena insinuationerna från en kacklande kvinna.

MARIA:
Och du är en kacklande kalkon!

TJÄNSTEMAN II:
Har du hört, chefen, vad de tycker om dig? Nu visar det sig att jag hade rätt när jag sa att det här inte är en plats för kvinnor.

CHRISTINA:
Till sist har jag fattat varför ingen kvinna kunde överleva här. Herrklubben behöver likasinnade med samma sjuka ambitioner. Ni behöver sådana kollaboratörer, för ni har förvandlat den här institutionen till en illaluktande röra. Låt oss gå, Maria, det luktar misogyni här. *(Christina kastar pappret hon hade i handen)* Min uppsägning – personligt och officiellt!

MARIA:
Och min, också!

Maria kastar också pappret hon hade i handen och båda lämnar kontoret.

4.
KOMMENTAR OM UPPSÄGNING

10 december 2019.

Christinas hem (vardagsrum) i Stockholm. Christina, Harun och Maria dricker kaffe och äter bullar. Maria tar upp matvaror ur påsen, går ofta till köket och tillbaka.

CHRISTINA:
Du kommer verkligen ihåg i minsta detalj.

HARUN:
Ni var, liksom, föregångare till MeToo-rörelsen.

MARIA:
MeToo-rörelse? Absolut inte. Vi kvinnor är snabba med tungan, men sen får vi massa slag tillbaka på huvudet.

CHRISTINA:
Ändå, någon inre kraft tvingar mig att inte vara tyst mot orättvisa.

HARUN:
Min mamma har upplevt orättvisa i kriget i Bosnien, men hon pratade varken med mig eller någon annan om detta.

CHRISTINA:
Vi kvinnor själva bidrar inte till vår förbättring, eftersom vi inte vågar offentliggöra oss själva. I fall vi gör oss hörda, fäster ingen vikt vid det.

MARIA:
Bra sagt – ingenting kan ändras. Harun kom från Umeå för att protestera, och ingen här kommer att vända sig om. Stackars människor kommer bara stå förgäves i denna benhårda kyla.

HARUN:
Det blir inte lätt att stå ute i kylan.

MARIA:
Jag kan inte själv förstå att det är någon som vill komma och protestera vid minus tjugo!?

CHRISTINA:
Det finns alltid människor beredda att offra sig i kamp mot orättvisa.

MARIA:
Man offrar sig, blir sjuk, blir skadad för ingenting och de mäktiga förökar sig ännu mer.

CHRISTINA:
Det betyder inte att det inte är värt att kämpa för. Min lärare stod upp mot nazismens terror mitt i Hitlertyskland. *(pausar lite)* Som gymnasieelev lyssnade jag andlöst på hans föreläsningar om nazism, förföljelser, brutalt mördande av judar och de hemska koncentrationslägren. Han var lektor i det svenska språket vid universitetet i Berlin, men nazisterna avskedade honom och utvisade honom efter att han envist motsatt sig dem. Efter att han kommit till Sverige försökte han avslöja nazisternas grymheter. Han gick från den ena tidningsredaktionen till det andra, skrev brev till politiker, svenska hovet, varnade i de intellektuella kretsar som han rörde sig i, men ingenting hände. Han omringades av tystnad, men han slutade aldrig prata om den nazistiska labyrinten som han kallade Hitlers Tyskland. Han påpekade ofta: "Många visste, men höll tyst", och jag lyssnade och upprepade för mig själv – jag lovar att orättvisan inte kan tysta mig.

MARIA:
Och nu låter du inte vara tyst om akademister? Du skriver brev, artiklar, precis som din lärare och vad lyckades han med? Ingenting! Vad kommer du att lyckas med? Ingenting.

CHRISTINA:
Det handlar inte om framgång utan om det essentiella mänskliga behovet av att stå emot ondska. Därför ska min professor alltid nämnas med värdighet.

MARIA:
Förlåt, tänkte inte säga något dåligt varken om professorn eller dig.

CHRISTINA:
Jag förstår, Maria, och tar inte illa upp.

MARIA:
Hur mycket galla spys på grund av det där jäkla priset? Vi är alla i en mardröm. Men de där akademikerna har roligt. Till och med mina planer förstördes. Min klänning, skräddarsydd just för balen slängde jag i soptunna.

HARUN
Vad är det för klänning nu!?

CHRISTINA *(Christina höjer huvudet, ler lite)*:
Du, Maria, piggar alltid upp mig. *(till Harun)* De senaste åren har Maria arbetat på Akademien och för första gången fått en inbjudan till Nobelbalen, men efter skandalen med priset tackade hon nej till inbjudan och hotas nu med uppsägning.

MARIA:
Allt går runt i en cirkel. Ännu en institution som har hamnat i en moralisk kollaps, därför ser jag fram emot att få sparken igen.

HARUN:
Skandal kring Nobelpriset!?

MARIA:
Skandal!? Skandaler, skandaler! Det är bara en i serien. Våra akademister kan inte tänka på livet utan skandaler i årtal. Detta verkar vara en del av beskrivningen av deras arbetsuppgifter.

HARUN:
Jag skulle gärna vilja höra mer om allt det där.

CHRISTINA:
Om Maria vill prata och om du stannar för lunch.

HARUN:
Jag är inte hungrig, men är väldigt nyfiken. Jag kan inte förstå hur detta kan hända i Sverige i en av de bästa demokratierna.

CHRISTINA:
Även solen har sina svarta fläckar.

MARIA:
Hur bara de, nuförtiden, fnyser som hamstrar åt alla som vågar kalla dem namn. Speciellt Christina är en tagg i ögonen på dem.

5.
FLASHBACK: AKADEMISTER

2019, Stockholm.

Kontoret i Svenska Akademien där det befinner sig Akademist I och Akademist II. Akademist I sitter vid sitt skrivbord och läser en tidning. Mitt emot honom, tillbakalutad i en fåtölj, sitter Akademist II, röker pipa och gör rökcirklar. Båda har varsitt glas whisky. Kontoret ser mer ut som en penninglånarhåla från Dickens romaner än en plats där man arbetar. Likaså är Akademisternas kläder och alla andra detaljer på och runt dem förknippade med sjuttonhundratalet. Det verkar som att allt i den här institutionen förstenades på en avlägsen tid. Akademister är, med sitt utseende, med sin omgivning och särskilt när det gäller deras uppfattning av världen – anakronistiska till grotesken.

AKADEMIST I *(knackar med ett finger på tidningsartikeln):*
Lyssna på det här nu: Christina Doctare och Srebrenicas mödrar anordnar en protest mot vårt beslut.

AKADEMIST II:
Världen har blivit helt galen.

AKADEMIST I:
Det är inte världens, utan kvinnornas galenskap.

AKADEMIST II:
Du har rätt. Attacken mot vår institution, på Akademien, började med kvinnornas dumma MeToo-rörelse, och nu har vi Christina och Srebrenicas mödrar.

AKADEMIST I:
Världen översvämmas av populism. Populismen, folkmassor, är en verklig frestelse och fara för världsordningen, och särskilt dessa oartikulerade kvinnorörelser.

AKADEMIST II:
MeToo-rörelsen vittnar bäst om deras allians med djävulen. I Henoksböckerna, från början av vår epok, står det mycket tydligt att ondska kommer genom kvinnor. De är snabba med att underordna sig själva all teknik. Män fann färg för att lämna konstverk till mänskligheten, men kvinnor har tagit tillfället att framställa sig själva som vackrare än de är – genom hårfärgning och smink. Man kan se hur snabbt och skamlöst de använder nya mediers möjlighet att skjuta giftiga pilar mot allt som skyddar traditionella värderingar. Det ses glatt hur de förgiftar världen genom Facebook, Twitter, Instagram och alla såna skamlösa medier.

AKADEMIST I:
För farligt! Jag, återigen, tänker ofta på 1789 när pöbelns krafter släpptes lösa att härja i Frankrike. Än idag fäller jag tårar över den gode kung Ludvig XVI:s grymma öde.

AKADEMIST II:
Vi behöver inte tala om apokryfernas texters betydelse eller den fatala franska revolutionens konsekvenser. Vi har ett mycket närmare och färskt exempel – vår franske väns lidande. En man med mycket fina maner, god smak, ett herrans uppförande, europeisk kultur – en riktig kulturprofil, en välkommen och ofta sedd gäst på vår Akademi och till en sån man tillskrivs sexuellt ofredande och trakasseri på arton kvinnor.

AKADEMIST I:
Det skulle inte tillåtas att den folkliga, populistiska domstolen dömer vår vän utan solida, fundamentala, substantiella bevis, men

42

det är precis vad som hänt i Sverige att domstolen, oberoende av Akademi i Kungahuset har klippt till två och ett halvt år för det kvinnorna själva vill ha.

AKADEMIST II:
Ingenting är bättre ens i Europa. Internationella Krigstribunalen förklarade våldtäkt som ett krigsbrott.

AKADEMIST I:
Där Christina Doctare har blandat sina fingrar, också med de där löjliga rapporterna från Bosnien om systematiska våldtäkter. Nu storgapar hon på oss, på Akademien. Hon, en okunnig kvinna, talar om Akademiens moraliska kollaps – institutionen som delar ut sådana prestigefyllda utmärkelser i världsklass.

AKADEMIST I:
Vi lever farligt. Idag förstör de Akademien, imorgon kungahuset och till slut självaste staten.

AKADEMIST II:
Man kan aldrig behaga folket. Om vi prisar en författare som förhärligar Hitler och nazisterna, blir judarna upprörda, om vi prisar en författare som hyllar Milosevic och serbiska terrorister, då gör övriga på Balkan uppror.

AKADEMIST I:
Och alla de författare är stora stylister som vår akademi djupt böjer sig för och ...

Akademiens "Frilansare" klädd i jeans och sportskor kommer in.

AKADEMIST II *(overkligt hjärtlig)*:
Här kommer vår hjältinna.

AKADEMIST I *(overkligt hjärtlig)*:
Här kommer akademiens bästa frilansare och ännu friare skönhet!

FRILANSARE *(svarar på samma sätt)*:
Här är våra ärade akademister, obotliga smickrare!

AKADEMIST I:
Vi, smickrare?!

AKADEMIST II:
Aldrig och under inga omständigheter!

AKADEMIST I:
Om någon är ärlig i vår akademi ...

AKADEMIST II:
Då är det vi!

FRILANSARE:
Varför är jag en hjältinna, då?

AKADEMIST II:
För din skrivande skicklighet, ditt skarpa sinne och din skönhet.

AKADEMIST I:
Och, viktigast av allt – ditt mod. Du, vår högt aktade kollega, är en sann hjältinna!

FRILANSARE *(ler)*:
Tack för komplimangerna, men tror ni inte att ni överdriver lite!?

AKADEMIST I:
Absolut inte. Med dina senaste verk har du blivit den ljusaste stjärnan på himlen i vår kultur och konst!

AKADEMIST II:
Helt rätt, för du är den riktiga sommarsolen på den här kalla vinterdagen.

FRILANSARE *(reserverad, men njuter av komplimangerna):*
Nu ser jag att ni överdriver.

AKADEMIST I:
Kollegan överdriver inte alls. Ibland blir det sammansatt i en person – stor yttre och inre skönhet.

AKADEMIST II:
Jag undertecknar härmed min respekterade kollegas yttrande. Att på så kort tid läsa alla dessa verk och skriva en så lysande essä – är helt enkelt fantastiskt.

FRILANSARE:
Jag läste bara de sidorna som ni kopierade och gav mig. Inget speciellt.

AKADEMIST I:
Men du gjorde en bra text. Enkelt, kort, så det var lätt att läsa, och arvodet kommer vi att dubbla.

FRILANSARE:
Det behövs inte, för nu anklagas jag för att vara en utsåld själ.

AKADEMIST II:
Varför då, helt plötsligt?

PRENUMERERA:
För att i media råkade jag säga att med mitt judiska blod skulle jag aldrig stödja förnekarna av krigsförbrytelser och förintelse.

AKADEMIST II:
Det skulle inte jag heller, med mitt blåa svenska blod.

AKADEMIST I:
Vem vågar förneka folkmordet på judarna?

FRILANSARE:
Inte på judarna, utan på de bosniska muslimerna.

AKADEMIST I:
Det är något annat.

AKADEMIST II:
Det är något heeeelt annat.

AKADEMIST I:
Det är viktigt att du är i våra ögon ett sant akademiskt värde och förresten är många medier på vår sida.

FRILANSARE:
Många medier gör, faktiskt, narr av oss, som okunniga. Vår författare verkar vara en större förnekare av folkmord än vad jag själv visste. Ingen varnade mig för att han skrev noveller, rena spyor, med hyllningar av krigsförbrytare.

AKADEMIST I:
Men, du glömmer väl inte varför vi valde honom? Biografi, inte bibliografi.

FRILANSARE:
Men biografin är också vidrig. Han umgicks med krigsförbrytare och var huvudtalare vid begravningen av Balkanslaktaren Milosevic, dömd i Haag. Det betyder att vi själva inte respekterar beslut och dom av europeiska och internationella institutioner.

AKADEMIST II *(till Akademist I)*:
Skulle populisterna kunna använda detta som trumfkort för att upphäva priset.

AKADEMIST I:
Vem vågar återkalla priset? Nu när vi har ställt om och förtjockat leden. De som protesterade fick lämna Akademien och vi, eliten, förblir för alltid. Det var så vi blev utvalda – för evigt. Ingen kan flytta oss härifrån.

AKADEMIST I:
Men kungen?

AKADEMIST I:
Bara om vi är emot honom. Kungen kan bestämma om han vill ge utmärkelsen eller inte och sträcka ut sin hand, och han gör det gärna. Jag behöver inte ens ge honom råd. Vi har samma synpunkt i detta.

FRILANSARE:
Alltså, ingenting kan stoppa oss – varken Christina eller brevet från Srebrenicas mödrar till kungen och inte heller kvällens protest.

AKADEMIST I:
Protest!? Men det är en fars, ett skådespel. Vem kommer att uppmärksamma det tvärtemot vår kungliga bal, festmiddag och fetta penningpriser?

AKADEMIST II:
Exakt. Vem kommer att stå på sidan av de små fattiga bosnierna? Ingen annan än Christina, som missionerar om fred, kärlek och sliter för de där muslimerna.

AKADEMIST I:
Världen förändras inte av välgörenhet. Pengar, prestige, hat, sätter massorna i rörelse. Fattigdom, jämlikhet, vänlighet – insomnar.

AKADEMIST II:
Låt inte den där värdelösa gruppen förstöra vårt humör och vår goda aptit. Ikväll är det en särskilt genomtänkt galamiddag. Förrätt; kunglig kaviar, med grönsaker. Huvudrätt; anka fylld med svart trumpetsvamp, potatis med karamelliserad vitlök, sedan rökt shiitake, blomkål, ah, bara riktiga delikatesser. Och till efterrätt; hallonkräm, blandad med torr chokladkräm, allt tillsammans med krossad hallonglass, de dyraste dryckerna; aperitifer och vin.

AKADEMIST I *(fascinerad av menyn, lipar med tungan och munnen)*: Allt är så gott, läckert, elegant, men jag, återigen, skulle helst vilja käka upp en sån där jävla biff, precis bara rakt in i elden.

AKADEMIST II:
Låt oss käka det då. Som en aptitretare till Nobelmiddagen. Låt oss gå alla tre.

FRILANSARE:
Tack, men jag kom bara förbi för att säga hej. Förresten, jag är mycket upptagen, arvodet har hamnat på mitt konto, så jag gav mig på att julhandla. Och förresten, jag är vegetarian.

AKADEMIST I:
Vegetarian!? Det går helt enkelt inte. Bara köttätare klarar sig bra i den här Akademien.

FRILANSARE:
Tyvärr måste jag tacka nej till er idag, men låt oss säga - någon annan gång.

48

AKADEMIST II:
Vi håller dig vid ditt ord – nästa gång du tittar förbi.

FRILANSARE:
Gärna, speciellt om ett nytt jobb dyker upp.

AKADEMIST I:
Här finns jobb för dig, hur mycket som helst.

AKADEMIST II:
Då önskar vi dig en lyckad shopping.

FRILANSARE:
Tack. Adjö.

När Frilansaren går ut brister båda akademister i skratt. De tar på sig sina vinterrockar, halsdukar, hattar (cylindrar), sätter dem på huvudet, och nu ser de ut precis som penningutlånare från Dickens verk.

AKADEMIST II:
Hjältinna – en vegetarian!

AKADEMIST I:
"Sommarsol mitt i vintern", hur kom du på den?

AKADEMIST II:
Krokig höna. Skrev referaten på tjugo sidor, jag har inte ens tittat på den.

AKADEMIST I:
Middag med henne …

AKADEMIST II:
... Tänk om hon dyker upp i hennes populistiska jeans och sneakers.

AKADEMISKT I:
Aldrig!

AKADEMISKT II:
Hon skrev en text inte ens fem öre värd och promenerar nu fritt i vår Akademi: "Jag kom förbi för att hälsa på er."

AKADEMIST I *(bekymrat)*:
Judiskt blod kretsar i vår Akademi.

AKADEMIST II:
Idag judar, imorgon självaste muslimerna.

AKADEMIST I:
För farligt, för farligt.

6.
OM AKADEMISTER

10 december 2019, Christinas hem i Stockholm.

Christina, Maria och Harun dukar av bordet.

MARIA:
Sådana är våra akademister. Systemet gav dem stor ära och livslånga privilegier, men ingen skyldighet eller ansvar.

CHRISTINA:
Fariséerna – säger en sak men gör en annan. Enligt Nobels testamente tilldelas priset till dem som gjort mänskligheten den största nytta. Men precis Handke, en notorisk genocidförnekare, har fått Nobelpriset.

MARIA:
Och, just Handke och våra ärade akademister, tillsammans med kungen, ska på middag, medan du, Christina, sjuk, jagar rättvisan. Till och med jag, korkad som jag är, tackade nej till inbjudan. Om jag hade varit smartare hade jag kunnat käka på Nobelmiddagen.

HARUN:
Mänsklighetens normer; Etik, Moral, Humanism kan aldrig bytas ut mot trerätters Nobelmiddag.

CHRISTINA:
Riktig ungdomlig, rebellisk inställning inför kvällens protest.

MARIA:
Vad kan ett möte förändra – ingenting? Ordningen förblir densamma. Våra ansträngningar är förgäves. Från Socialstyrelsen till Akademien, från nittiotalet till 2020-talet, har ingenting förändrats. Kvällens möte med bosnier på Norrmalms torg kommer inte heller att förändra någonting. För våra ärrade akademister och politiker är det bara ett skådespeleri.

CHRISTINA:
Skådespeleri!?

MARIA:
Jag förmedlar det som sägs i deras korridorer.

CHRISTINA:
Det blir absolut inget skådespeleri, utan en protest med riktiga människor som höjer sin röst mot ett omänskligt beslut. Så länge människor finns – finns också hopp.

MARIA:
Det finns definitivt inget hopp, i alla fall inte i mina ögon. Hela mitt liv levde jag i hopp om att de mäktiga ska försvinna, och nu verkar det som att det bara blir fler och fler av dem. Ju mer man slåss mot dem, desto snabbare förökar de sig, liksom ogräs som täcker varje stig, varje väg som leder till det goda.

CHRISTINA:
Vägar kommer att finnas, om människor finns.

MARIA:
Bra sagt.

CHRISTINA:
Det säger ett gammalt indianskt ordspråk, inte jag.

MARIA:

Ja, ja, men verkligheten säger något helt annat. Jag minns när du bara efter tre veckors vistelse i Kroatien, skrev till mig om de tjänstemän som, mitt under kriget, tagit in sina tentakler för att ta till sig pengar avsedda för hjälpbehövande. Det var inte vilken organisation som helst utan – Världshälsoorganisationen.

7.
FLASHBACK: KONFLIKT MED WHO-AKTIVISTER

1992, Zagreb (Kroatien), Världshälsoorganisationen (WHO).

Två högt uppsatta tjänstemän inom organisationen håller på med att sortera kartonger som står överallt på deras kontor. De är klädda i dyra kläder, byxor, skor och slipsar, men de har kavlat upp ärmarna, eftersom de "jobbar" med paketen. De, precis som akademister, röker kuba-cigaretter och dricker whisky.

WHO AKTIVIST I:
Detta ingår i första kontingenten av de tvåhundrafemtiotusen plastsäckar som är redo att transporteras till Sarajevo.

WHO AKTIVIST II:
Kommer det att stupa så många, där?

WHO AKTIVIST I:
Hur menar du?

WHO AKTIVIST II:
Handlar det inte om liksäckarna?

WHO AKTIVIST I:
Ja, för de döda. Men så länge de är levande får de sova i dem och skydda sig mot vinterkyla i deras hem utan fönster och värme. Vi har bytt färg, också. Detta handlar inte längre om de kalla svarta utan varma orange säckar.

WHO AKTIVIST II:
Aaa, nu förstår jag. De kommer att ha nån nytta av detta, iallafall.

WHO AKTIVIST I *(ironiskt):*
Stor nytta. Vi kommer att stoppa dem i säckar – levande eller döda. Alltså, allsidig användning.

WHO AKTIVIST II *(Också hånfullt):*
Nåväl, det blir deras räddning.

WHO AKTIVIST I:
Och, naturligtvis, räddningen av vår väns företag. *(tar en klunk och lägger till i en helt annan ton)* Whiskyn är hans. En mycket god människa, men det gick dåligt för hans företag. Nåväl, nu har vi gjort honom en stor tjänst.

WHO AKTIVIST II:
Hur många säckar säger du att det finns?

WHO AKTIVIST I:
Jag tycker att vi skickar till Sarajevo tvåhundrafemtiotusen säckar i första hand och sedan fortsätter skicka till hela Bosnien så länge gods finns.

WHO AKTIVIST II:
Detta bör vara kopplat till Sarajevobesöket av en hög politisk representant och därmed spara på transporterna.

WHO AKTIVIST I:
Ser man på, du tänker på allt.

WHO AKTIVIST II:
Klart jag tänker. Pengarna vi sparar på transport kunde användas till någon extra aktivitet, en mottagning eller helt enkelt till att fördela bonus.

WHO AKTIVIST I *(med glaset som han håller whiskyn i pekar han på WHO Aktivist II):* Min framtida efterträdare. Så tänker man i en humanitär organisation; först hjälper man sig själv, sedan hjälper man vänner och sedan alla andra.

WHO AKTIVIST II:
På tal om humanitära frågor – vi har en representant i Sarajevo som arbetar med proteser. Det handlar om de gamla goda träproteserna, men de kan fungera i flera år. Invalider kostar det något, men tänk att proteserna kan fås, där, mitt i kriget.

WHO AKTIVIST I:
Självklart kommer det att kosta pengar. Det går inte att allt delas ut bara sådär, helt gratis.

WHO AKTIVIST II:
Ja, men den här Christina har hört talas om detta och nu vill hon kontrollera allt, på plats, i Sarajevo. Hon hotar med anmälan till huvudkontoret i Genève.

WHO AKTIVIST I:
Vad finns det att anmäla i det hela!?

WHO AKTIVIST II:
Inget som oroar mig. Men det visade sig att proteserna, hans arbete och vistelsen i Sarajevo redan finansierades av några humanitära organisationer. Du vet själv hur dåligt alla dessa humanitära organisationer betalar. Nu kan det bli onödiga scener. En kvinnas sätt att skandalisera alla våra ansträngningar.

WHO AKTIVIST I:
Vad är hennes sak? Vad erbjuder hon?

WHO AKTIVIST II:
Proteser – som är, påstods det, moderna och praktiska och dessutom helt gratis.

WHO AKTIVIST I:
Var fick hon det ifrån nu? Har hon inte skickats för att se kriget på gediget avstånd, härifrån Kroatien, och återvända till sitt Sverige så snabbt som möjligt?

WHO AKTIVIST II:
Fick du inte informationen? Hon startade ett helt projekt. Sverige, Danmark, Norge, Finland och deras humanitära organisationer står bakom.

WHO AKTIVIST I:
Hon måste stoppas. En kvinna kan inte komma in i en redan utbyggd organisation och påtvinga sina planer. Nej, inte alls.

WHO AKTIVIST II:
Skulle hon inte vara här med oss på mötet, eller?

WHO AKTIVIST I:
Hon är uppenbarligen sen. *(lägger till med ett cyniskt skratt)* Hon behöver god tid för att ta sig upp till tolfte våningen genom det mörka och av cigarettrök täppta trapphuset.

WHO II AKTIVIST II:
Tar hon inte vår direkthiss?

WHO AKTIVIST I:
Skulle jag ge henne nyckeln till min privata hiss? Då skulle hon inte känna kriget alls. Så här kommer Christina, från det lugna Sverige, att tro att hon går genom självaste helvetets cirklar medan hon klättrar i de rökiga trapporna.

WHO AKTIVIST II:
Jag förstår verkligen inte varför så många människor samlas i trappan till den här byggnaden, sitter och röker, äter och dricker. Hemskt.

WHO AKTIVIST I:
Flyktingar, de finns överallt. De kryper in i alla offentliga byggnader, som maskar i trä. Jag är rädd att de tar med sig sjukdomar in, de borde förbjudas att komma in.

Christina dyker upp i dörren, knackar (på den öppna dörren) och ser sig omkring. Flåsande, hostar astmatiskt. WHO-aktivisterna samlar sig snabbt.

WHO AKTIVIST II:
Å, här kommer vår medarbetare.

WHO AKTIVIST I:
Men med en bra fördröjning. Rätt sagt, mötet är nästan över. Jag gillar inte anställda som inte respekterar andras tid.

CHRISTINA *(flåsande och irriterad):*
Jag är inte er medarbetare och inte heller någon underordnad tjänsteman, utan jag är chef för rehabiliteringsprojektet vid WHO. Jag har redan varit här i tre veckor – vi skulle ha ett möte den första dagen jag landade i Zagreb, men det hade vi inte. Mötestid ändrades varje dag. Jag kommer från sjukhuset i Zagreb där jag besökte folk i behov av rehabilitering och proteser. Jag samlar in data på plats och inte sittande på ett kontor.

WHO AKTIVIST I:
Din plats är här, vid vårt kontor, det vill säga underordnad mig, som chef för Balkanregionen. Så, du rapporterar till mig och utan min vetskap och tillåtelse kan du inte göra någonting alls, särskilt inte på egen hand, som de där besöken hos de sårade kroaterna.

58

Vi måste vara objektiva och opartiska. Vi är WHO och vi blandar oss inte i politiken. Vi diskuterar inte om vem som attackerade vem. Det är vad din rapport säger (*pekar på WHO Aktivist II*) från det nyss avslutade Sarajevobesöket. En modig resa in i krigets hjärta.

WHO AKTIVIST II:
Efter att ha besökt Sarajevo kan jag konstatera att det handlar om ett smutsigt krig …

CHRISTINA *(avbryter snabbt):*
Du vill säga – om en smutsig attack mot en självständig stat, Bosnien och Hercegovina!?

WHO AKTIVIST I *(irriterad på Christina):*
Snälla, avbryt inte. *(pekar på WHO Aktivist II)* Var så god och fortsätt.

WHO AKTIVIST II:
Alltså, om serberna och kroaterna skulle komma överens om hur de ska dela Bosnien kunde det bli någorlunda fred. Rebellerna i Bosnien är en liten grupp ...

CHRISTINA *(ilsknande, avbryter):*
En liten grupp!? Det handlar om ett helt folk – bosnier. Om ni inte tar er direkthiss, kunde ni själva märka att vi är de första grannarna till den bosniska ambassaden, bara en våning ned.

WHO AKTIVIST I:
Ta det lugnt, snälla. Vi ägnar oss inte åt politik för det är mycket farligt för vår organisation. Det är viktigt att komma ihåg – WHO är en neutral organisation. Det är därför dessa nyheter om dödandet av civila bosnier, om lägren och etnisk rensning, bör tas emot med stor försiktighet. Vi har ett utmärkt affärssamarbete med serberna, jag är personligen i daglig kontakt med de högsta

politiska kretsarna i Serbien och jag tillåter inte att mina vänner demoniseras. Du, Christina, har din uppgift och jobba på den. Alltså, ett projekt med proteser, inte politiska hypoteser. Och allt du gör vill jag ha i skriftlig form. Alla rapporter ska vara skriftliga, inga improvisationer.

CHRISTINA *(Christina tar fram ett papper ur handväskan):*
Här är allt snyggt och på papper. Mediciner och humanitärt bistånd till det belägrade Sarajevo. Jag ordnade allt under dessa tre veckor medan jag väntade på mötet med dig. Medicin och medicinsk utrustning från svenska armén, flygtransport bekostad av den svenska humanitära organisationen SIDA. Flygplanet är redan redo att lyfta.

WHO AKTIVIST I:
Vad!? Vi har redan ett stort övervintringsprogram för att hjälpa Sarajevo. Vi beställde tvåhundrafemtiotusen plastsäckar.

CHRISTINA:
Säckar, vad då för plastsäckar!? Människor i Bosnien behöver akut medicinsk hjälp och rehabilitering på olika nivåer. Jag flyger personligen till Sarajevo med samma plan i kväll.

WHO AKTIVIST II:
Sarajevo, det är en stad där ett blodigt inbördeskrig pågår. Även den modigaste rekylerar. Jag tillbringade fem timmar i staden, fyra av dem i en pansarvagn. Damer promenerar inte runt där.

WHO TJÄNSTEMAN I:
Sarajevo, absolut inte. Det är jobb för en karl. Om någon skulle vara där så är det jag – med officiella erkännanden från många konflikter och krig. Den här medaljen i min lillas namn är ett bevis på det ...

WHO Aktivist I, tar fram medaljen (Storbritanniens medalj för tapperhet) ur sin ficka och höjer den arrogant.

CHRISTINA (*rotar igenom sin handväska*):
Ett sånt järn har jag också. Här är det, nästan identiskt, bara från ett annat krig för länge sedan. Nobelmedalj för deltagande i FN:s fredsbevarande styrkor, sedan kriget på Cypern. Mina herrar, jag önskar er en trevlig eftermiddag, jag har bråttom att hinna med flyget till Sarajevo.

8.
MARIAS SYNDROM

10 december, 2019, Stockholm, Christinas hem.

Christinas vardagsrum med Maria, Christina och Harun. Maria rör sig mellan köket och vardagsrummet hela tiden, d.v.s. hon försvinner från platsen vid flera tillfällen. Hon serverar lunch; ost, smör, sallad m.m. och slutligen avslutas serveringen med en mindre gryta och ett stort bröd. Samtidigt sysslar Harun och Christina med sättning av tallrikar, bestick m.m. Maria dricker fortfarande "kaffe", då och då fyller hon koppen med innehållet från sin fickplunta i djupet av rummet när ingen ser på.

HARUN:
Är det möjligt att sådana nollor jobbade i en prestigefylld världsorganisation?

CHRISTINA:
Inte så lång tid, för det kom snart ut om deras verksamhet som krigsprofitörer och samarbete med serbiska terrorister. Kroatien hade för avsikt att offentligt förklara dem som persona non grata. Skandalen var på gång. Efter att den kroatiske utrikesministern informerat mig om Kroatiens beslut att avbryta gästfrihet för dem, kontaktade jag min chef på WHO och de herrarna lämnade snart organisationen, liksom protesprofitören i Sarajevo som skamlöst tjänat pengar på bekostnad av de sårade.

MARIA:
De visste vad de jobbade för. De återvände till sina länder med påsar fulla med pengar, och du med astma.

CHRISTINA:
Min kära Maria, jag har aldrig drivits av vinst och vad gäller astma så vet du själv att jag alltid har haft känsliga lungor.

MARIA:
När du visste att du har svaga lungor behövde du inte klättra upp för trappan till tolfte våningen varje dag och genom korridorer helt igensatta av cigarettrök.

HARUN:
Väldigt farligt.

MARIA:
Det är vad jag pratar om. Faran, som inte sågs då, ses nu i form av bestående hälsokonsekvenser.

HARUN:
Det värsta är när lungorna blir känsliga. Varje förkylning fastnar lätt på dem.

MARIA *(som sysslar med servering):*
Christina hade precis drabbats av en kraftig förkylning som övergick i lunginflammation. Tyvärr, så fort hon återhämtat sig glömde hon bort sin sjukdom och började handskas med nån Handke och våra högdragna akademister.

CHRISTINA:
Den förkylningen var lite envis, men bra medicin tog bort den helt. Nu måste vi hitta bra medicin mot dessa sociala baciller som tär på Akademien.

MARIA:
Jag om den ena, Christina om den andra. Men, Harun, en ung smart läkare, tycker samma sak som jag, eller hur?

CHRISTINA:
Ni kanske har rätt.

MARIA:
Vadå kanske!? Vi har hundra procent rätt.

HARUN:
Jag visste inget om lunginflammation. Då är det bäst att Christina avstår från kvällens tal.

MARIA *(helt överraskad):*
Vilket tal, vems tal?

HARUN:
Christinas tal. Christina är huvudtalare på vårt protestmöte.

MARIA:
Vad? Det kan inte vara sant. Jag vet ingenting om det.

CHRISTINA:
Jag pratar om detta hela tiden, att jag suttit länge i natt och skrev.

MARIA:
Jag trodde att det handlade om en tidningsartikel, ett protestbrev, något i den vägen. Jag hade ingen aning om mötet och inte heller om dina planer att delta personligen. Nåväl, jag kände direkt att något döljs för mig.

CHRISTINA:
Vad finns det att dölja? Ett enkelt, litet tal.

MARIA:
Vadå för tal i minus tjugo grader? I din ålder och med en så bräcklig hälsa är det inte alls klokt att stå ute i kylan. Du behöver vård, omsorg, regelbunden mat och vila.

CHRISTINA:
Jag mår mycket bra och är på bättringsvägen. Förresten, jag går inte i krig, jag ska bara på ett möte där på torget i närheten.

MARIA:
Men, dina kollegor, internister, rekommenderade sängliggande, lugn och ro.

CHRISTINA:
Idag har jag viktigare saker att göra än att slappa i sängen.

MARIA:
Först nu insåg jag att allt gjordes bakom min rygg. Det var planerat för länge sedan, och du sa inte ett ord till din bästa vän, tack så mycket.

CHRISTINA:
Gode Maria, jag börjar bli allvarligt orolig för ditt överbeskydd av mig.

MARIA:
Jag bekymrar mig för att du inte bryr dig om din hälsa alls. Från sjuksängen direkt till kylan. Även den minsta irritation eller förkylning kan vara dödlig. Ta det lugnt, njut av din pension. Det är nog med konflikter och krig, låt andra engagera sig. Till sist måste du säga: "Nej, jag tackar för mig." Bättre att svika mötesdeltagare än att svika sin hälsa.

CHRISTINA:
Att svika folket när jag lovat komma!? Att svika Srebrenicas mödrar som kom från Bosnien för att vara med mig ikväll, skulle vara min värsta mardröm.

MARIA:
Just dina mardrömmar kommer på grund av tunga ansträngningar och du utsätter dig medvetet för dem.

CHRISTINA:
Jag är inte rädd för hemska drömmar, utan för en skrämmande verklighet där frestare, tyranner styr medan det goda, någonstans i hörnet, hukar och darrar som en rädd kattunge. Vad är det för värld vi lever i – de samvetslösa skyddas och belönas, och offren förnedras!?

MARIA:
Din kamp för sanningen kommer till slut att ta livet av dig.

CHRISTINA:
En dags kämpa för rättvisa gör mig mer glad än hundra års lugna liv. Med att stanna här skulle jag förråda alla mina principer, jag skulle förråda mig själv.

MARIA:
Eller så vill du förråda dina sjuka lungor, ditt hjärta, hela din hälsa. Du har tid för allt utom dig själv. Tog du din medicin idag? Nej! Har du ätit lunch idag? Nej! Sätt dig ner och gör först det som är viktigast för din hälsa.

HARUN:
Hälsa framför allt. Detta upprepade jag hela tiden till min mamma, men hon lyssnade knappt.

CHRISTINA *(genom ett leende):*
Ingen lyssnar på nån idag. Allt bygger på personlig övertygelse.

MARIA:
Här är jag övertygad om att du utsätter din hälsa, och det är därför jag föreslår dig – förvandla talet till en skriftlig appell. Harun kan vidarebefordra det till arrangörerna och saken är klar.

HARUN:
Man skulle verkligen kunna skriva en appell för att visa sitt stöd.

CHRISTINA:
Apell!?

MARIA:
Ja, det är helt realistiskt. Ta en paus, tänk om, det finns alltid andra lösningar. Sådana möten kan alltid avbokas. Ingen kommer ens att lägga märke till en talare mindre i denna uppståndelse och kyla. Om det finns hälsa och liv kommer det att finnas tal och prat.

CHRISTINA *(hostar lite)*:
Apell, att skriva – jag?

HARUN:
Maria vill säga – det är en sak att vilja, en annan att orka. Det är fortfarande långt kvar till mötet. Allt bör noggrant vägas först.

CHRISTINA *(hostar ännu mer, sedan arg)*:
Men, vad finns det att väga? Bara en köpman eller någon byråkrat kan väga det – de som gör vinst på varor eller självaste människoliv. Och vad har jag att väga – ingenting. Jag gör inte det här i vinstsyfte, utan av ren övertygelse. Man bör kämpa mot orättvisor så fort de dyker upp, så fort man ser de, medan man kan, så mycket man orkar och, vid behov, till sista andetaget. Inget dilemma, jag ger inte upp så länge jag har det sista unset av styrkan. Mitt liv är inte en omräkning och justering efter vad de mäktiga vill ha. Jag anpassar inte mitt liv efter vad hälsan kräver,

67

utan till den som helig ilska väcker i mig när jag ser orättvisor. Därför får ni sluta med detta övertalande. Jag vet vad jag gör och var jag kommer att vara ikväll.

Christina hostar, sätter sig på en stol medan Maria, med huvudet nedåt, ledsen, nästan gråtande, går fram till klädhängaren och tar sin rock. Förvirrad tittar Harun omväxlande på Christina och sedan på Maria som är på väg ut.

MARIA:
Lycka till med möten och studier, Harun. Det var trevligt att träffas.

Harun, fortfarande förvirrad, höjde handen som ett tecken på hälsning och som om han ville säga något, men Christina vände sig om, såg att Maria gjorde sig redo att gå och hoppade sedan upp ur stolen.

CHRISTINA:
Vart ska du, nu?

MARIA:
Till körrepetition. Jag ska sjunga, att gråta hjälper inte. Det finns inga vädjanden, tårar eller makter som kan förändra något. Vi små människor har inte känslan för höga mål, för ideal, för kamp. Vi tar hand om hälsa, mat och vänskap, men även det är skadat.

CHRISTINA *(kramar Maria):*
Vad!? Ingen i hela världen kan skada vår vänskap.

MARIA:
Men det går inte så här, heller. Jag kan inte se hur *(stannar lite, gråter nästan)* ..., hur min bästa väninna, gång på gång, utsätter sig för de ansträngningar som sliter ner henne och dödar henne.

Medan Maria pratar snusar Christina på näsan två eller tre gånger runt Maria, hon känner uppenbarligen att något luktar. Maria ser inte det. Christina går sedan till bordet och tar Marias kaffekopp.

CHRISTINA:
Jag kan inte tillåta att du bli ledsen på grund av mig.

MARIA:
Ledsen? Jag är desperat, för jag insåg att du inte alls ser ditt verkliga tillstånd.

CHRISTINA:
Jag förstår din oro, men du måste också förstå mig.

MARIA:
Du lever helt enkelt inte i verkligheten.

CHRISTINA *(nosar på doften från Marias kaffekopp):*
Helt rätt. Min idealism är en meningslös utrotning av demonerna runt omkring oss, precis som du meningslöst försöker driva ut demonerna inom dig själv med spetsat kaffe.

MARIA:
Du märkte det.

CHRISTINA:
Självklart.

MARIA:
Det kommer bara sådär. Det var inte lätt att stå emot alla dessa demoner.

CHRISTINA:
Du själv ropar på dem.

MARIA:
Jag kallar dem inte. De kom själva med kallelse till balen.

CHRISTINA *(höjer Marias kaffekopp högt):*
Detta är deras kallelse.

MARIA *(ångerfull):*
Förlåt.

CHRISTINA:
Dålig vana drar med sig dåliga ursäkter.

MARIA:
Du vet orsaken.

CHRISTINA:
Det finns ingen anledning till detta.

MARIA:
Bilder, bilder från det förflutna, Christina, de plågar mig precis som dig dina, väldigt nog anledning.

CHRISTINA:
Jag vet allt, vi behöver inte ta upp det nu igen framför Harun.

Harun kastar frågande blickar hela tiden och samtidigt försöker ta itu med servering och städning i köket så att han inte behöver delta i den plötsliga diskussionen mellan Maria och Christina. Han räcker bara upp handen som ett tecken på att allt är ok för honom. Men Maria motsatte sig snabbt med vrede Christinas ord.

MARIA *(kavlar upp ärmarna på blusen):*
Varför inte framför Harun!? Jag har inget att dölja. *(med ilska)* Det här är verkligheten jag pratar om. Här, titta på Harun, ta en

ordentlig titt, här är ingraverat, all min smärta som jag åsamkade mig själv, för att försäkra mig om att jag finns. *(uppgiven, smärtsam)* Han utsatte mig för tortyr – mental och fysisk, en man jag litade på, en man i en hög position, en man jag var kär i, som jag fick barn med. *(samlad)* På en offentlig plats, polerad, charmig, bakom stängda dörrar – en demon.

CHRISTINA:
Det kostade honom karriären.

MARIA:
Han förlorade sin karriär, och jag fördömdes ännu idag, för knappast någon litar på mig, och om du inte finns på min sida, skulle jag ha förlorat min hälsa och mitt liv.

CHRISTINA:
Hälsa är alltid värt att värna om.

MARIA:
Det är precis vad jag försöker berätta för dig. Du utsätter dig själv och sliter för ingenting. Tänk, hur många demoner som gömmer sig bakom fina seder och ännu finare kostymer, snygga frisyrer och breda leenden. De är för många, Christina, för många. Vi är belägrade, det finns ingen kamp som kan förändra något. Du kan bara förlora din hälsa.

CHRISTINA:
Du har rätt, jag ska lyssna på dig, men först och främst måste du ta dig samman.

MARIA:
Jag måste gå på repetition.

CHRISTINA:
Du kan inte gå någonstans så.

MARIA:
Jag behöver frisk, kall luft och sången för att inte tänka på nån alls.

CHRISTINA:
Lova mig att du kommer tillbaka hit.

MARIA:
Om du lovar mig att du stannar här.

CHRISTINA:
Jag lovar, var inte orolig. Jag och Harun kommer att sätta oss ner och omvandla detta tal till en appell, ett brev, det kommer inte att vara svårt – några ord, mer eller mindre.

MARIA:
Och jag ska sjunga av mig och kommer tillbaka. *(börjar gå, stannar, vänder sig)* Förlåt.

CHRISTINA *(moderligt medlidsamt):*
Det blir bra, allt kommer att ordna sig.

Maria går ut. Harun sätter sig vid bordet. Christina går fram till bordet där Maria serverat stort bröd, smör, ost, vatten/juice, bestick, tallrikar och muggar och kastrull med soppgrytan. Sedan tidigare finns en stor kaffekanna med kaffe.

CHRISTINA:
Gode Maria. Det är inte lätt för henne. Jag var med henne när hon en gång i tiden gick igenom en ovanlig äktenskapsstorm som lämnade bestående konsekvenser i form av tvångssyndrom och djup depression. Nu ville hon hela tiden göra en gentjänst. Sedan hon hörde att jag var sjuk besöker hon mig varje dag. *(sätter sig, fortsätter frånvarande, mer för sig själv)* Jag kanske inte borde ha varit så abrupt inför andra och läxa upp en så lidande själ. Det där

djävulska behovet av att säga sanning mitt i ansiktet och utan att tänka kostar mig också ofta vänskap.

Lite tystnad. Harun tittar på det stora brödet på bordet och för att bryta tystnaden pekar han på brödet.

HARUN
Bröd likt min mammas bröd. Att äta så mycket bröd är inte direkt en svensk tradition.

CHRISTINA:
Rätt, men jag blev kär i bröd när jag som ung läkare var med i FN-styrkorna på Cypern och senare i kriget på Balkan. *(reser sig upp)* Bara att hämta kniven.

Harun reser sig snabbt upp och går om Christina, sträcker sig efter kniven och skär brödet.

HARUN:
Jag ska skära vårt bröd ..., varsågod ..., och hur det hela såg ut med din resa till Bosnien, det är jag särskilt intresserad av ..., jag menar, när du gick in i det belägrade Sarajevo och levererade humanitär hjälp med flyg?

CHRISTINA:
Det var min första inresa i det belägrade Sarajevo i Bosnien. Tyvärr, humanitära aktion misslyckades totalt. Det enda jag lyckades ta fram från planen var en påse kaffe, men min gest gjorde personalen på sjukhuset jag besökte i Sarajevo så glad att jag minns den dagen tydligt.

9.
FLASHBACK: PÅ KRIGSSJUKHUS I SARAJEVO

1992, Krigssjukhus i Sarajevo.

*Beskjutning och omfattande förstörelse av Sarajevo pågår. På Dr.
Cerić kontor lyser ett levande ljus. Tackljuset tänds och slocknar
lika snabbt, åtföljt av ljudet av explosioner i närheten. Lampan
blinkar några gånger till och tänds sedan. Christina tar av sig sin
skottsäkra väst, sätter sig ner medan Dr. Cerić byter filmrullar i
Christinas kamera. Dr. Cerić släcker levande ljus på sitt bord.*

DR. CERIĆ:
Nåväl, el kom, också. Vårt eget aggregat. *(Dr. Cerić ger kameran
till Christina.)* Var så god, filmkassetter har bytts. *(på skämt)* Det
behövdes bara lite manliga krafter.

CHRISTINA:
Tack, jag som trodde att det inte blir någon fotografering.

DR. CERIĆ:
Nu kan ni börja fotografera igen.

CHRISTINA
Kanske börja med sjukhuspersonalen, på en kaffefika.

DR. CERIĆ:
Jag skäms över att säga det, men det råder brist på kaffe och
medicin på vårt sjukhus.

CHRISTINA *(tar fram en påse med ett kilo kaffe):*
Hoppas det kommer räcka till gemensam fikastund.

DR. CERIĆ:
Kaffe! Tack så mycket. Det kommer att göra hela avdelningen glada.

CHRISTINA:
Hoppas att medicin och medicinsk utrustning avsedd för ert sjukhus snart kommer att levereras från flygplatsen.

DR. CERIĆ:
Tyvärr, tog serbiska terrorister allt. De håller flygplatsen under kontroll och gör bokstavligen vad de vill.

CHRISTINA:
Jag borde inte ha lämnat planet förrän problemet var löst.

DR. CERIĆ:
Det är bra att du lyssnade på piloterna och sprang till andra sidan banan, till FN-soldaterna. Dessa paramilitära serbiska styrkor attackerar även humanitära aktivister, för att skrämma dem och tvinga dem att ge upp sina humanitära aktioner till Sarajevoborna.

CHRISTINA:
Hur kunde jag vara så naiv? Den gamla tanten annonserade runt omkring om hjälpen hon distribuerar. Man kunde gissa vad som skulle hända.

DR. CERIĆ:
Var inte orolig. Varken humanitärt bistånd eller kaffe är lika viktigt för oss som ditt besök. Det ger glädje och stort nöje till alla oss här, eftersom du är den första representanten för en utländsk organisation som besöker sjukhuset.

CHRISTINA:
Är det något väsentligt?

DR. CERIĆ:
Det betyder mycket för oss. Någon måste se och berätta för världen vad som händer här.

CHRISTINA:
Jag hoppas att jag åtminstone uppfyller dessa förväntningar.

DR. CERIĆ:
För att vara ärlig förväntade jag mig en WHO-företrädare med skägg, med eskort av säkerhetsfolk runt omkring, journalister, och det blir …

CHRISTINA:
… En tant, med sin handväska över armen.

DR. CERIĆ:
Ber om ursäkt. Jag tänkte inte illa. En bestämd kvinna är starkare än alla krafter. När kvinnor ser faror och orättvisor slåss de som lejoninnor. Det är så jag ser på dig och din vistelse i Sarajevo, som besök av någon som är redo att möta krigsfaran i kampen för sanningen.

CHRISTINA:
Jag kom bland annat till Sarajevo på jakt efter sanningen. Detta krig är nämligen väldigt speciellt inte bara på grund av dess våldsamma invasion, utan också på grund av något helt annat.

DR. CERIĆ:
Det där med proteserna är sant. Här kan du se allt med dina ögon.

Dr. Cerić letar i sin skrivbordslåda och tar sedan fram ett papper.

CHRISTINA:
Jag kommer definitivt att kontrollera och dokumentera allt, med bedragare måste man vara noggrann.

DR. CERIĆ *(ger ett papper till Christina):*
Här har du adresserna till flera människor som de "humanitära aktivisterna" tog betalt för proteser till högsta möjliga pris. Du kan föreställa dig vilken besvikelse det kommer att bli för alla de stackarna när de hör att din organisation bjuder på proteser och även rehabilitering helt gratis.

CHRISTINA:
Jag är tacksam för din hjälp med att belysa det skamlösa fallet med proteser, men det finns något annat, mycket viktigare, som jag vill kontrollera.

DR. CERIĆ:
Det är bara att fråga. Jag hjälper gärna med allt jag kan.

CHRISTINA:
Tack. Det handlar faktiskt om en mycket känslig fråga. I Kroatien träffade jag nämligen flera våldtagna bosniska kvinnor. Till mig, i förtroende, berättade de hemska historier.

DR. CERIĆ:
Våldtäkter! Det är ett omfattande krigsbrott, men ingen vill skriva ett ord om det och inte ens stoppa detta.

CHRISTINA:
Är det sant att förutom koncentrationsläger för män finns det också läger där kvinnor misshandlas och våldtas?

DR. CERIĆ:
Absolut. Här på vårt sjukhus har vi många sådana patienter. De är i en annan byggnad, där borta på andra sidan av gatan.

CHRISTINA:
Här!? Kan jag besöka dessa kvinnor?

DR. CERIĆ:
Vi kan gå över senare, när granatattackerna avtagit. Det är en gammal byggnad som vi gjorde om till ett nödvändigt boende för våra traumatiserade kvinnor, fysiskt och psykiskt förstörda. Vi kallar dessa kvinnor för våra systrar, men många är faktiskt väldigt unga flickor, några är bara barn. De överlevde krigets mest fruktansvärda fasor – de såg sina nära och kära mördas, och har sedan själva blivit utsatta för fruktansvärda, bestialiska våldtäkter.

CHRISTINA:
Händer detta i hela Bosnien?

DR. CERIĆ:
Bara i de av serbiska terrorister ockuperade delarna av Bosnien. I staden Zenica samlas dokumentation om krigsförbrytelser.

CHRISTINA:
Jag kommer definitivt åka till staden. (*En granatexplosion hörs i närheten och Christina hoppar av rädsla och även ilska.*): Dessa idioter bestämde sig för att förstöra sjukhuset.

DR. CERIĆ:
Sjukhus beskjuts särskilt ofta. Vi måste gå ner i källaren. Skynda!

Medan Dr. Cerić och Christina går, hörs en stark explosion och ljuset slocknar.

10.
HARUN, OM SIN MOR OCH MEDALJEN

10 december 2019, Stockholm, Christinas hem.

Christina och Harun dukar av bordet – uppenbarligen har de ätit färdigt.

HARUN:
Var det bara det? Du har väl varit i Sarajevo och Bosnien många gånger?

CHRISTINA *(äter några tabletter och dricker vatten):*
Ja, det har jag varit, men det finns inte mycket att berätta. Idag är, mer eller mindre, allt känt. Många år har gått sedan kriget.

HARUN:
Men, även efter att många år har gått sedan kriget och även av uppkomsten av alla möjliga sociala medier vet jag fortfarande ingenting om min familj.

CHRISTINA:
Pratade inte dina föräldrar om kriget, om människoöden, om sig själva?

HARUN:
Pappa stupade i kriget och mamma dog för tre månader sedan och tog med sig alla hemligheter i graven.

Christina, häpen, hann bara säga:

CHRISTINA:
Beklagar sorgen.

HARUN *(med sammanbitna läppar):*
Tack.

CHRISTINA:
Förlåt, jag tänker bara på mig själv och frågar inte om andra.

Harun, helt tyst. Christina tystnade också ett ögonblick och fortsatte sedan, som om hon ville byta ämne.

CHRISTINA:
Ja, krig är som ett skeppsvrak. Hundratals människoöden sjunker tillsammans med skeppet.

HARUN:
Min mamma var också på det fartyget. Hon drunknade långsamt utan motstånd. Hon sjönk djupt in i sig själv, alltid ledsen, alltid deprimerad. Hon kunde inte stå ut med detta kalla klimat eller ensamhet utan hennes man, vem vet? Jag gjorde allt för att muntra upp henne, men knappt något hjälpte. Till slut orkade hon inte och gjorde självmord.

CHRISTINA:
Tog hon livet av sig?

HARUN:
Ja, hon tog livet av sig.

CHRISTINA:
Hur? Varför?

HARUN:
Jag vet inte. Varje dag funderar jag och söker efter svaret. Hon var djupt deprimerad i många år.

CHRISTINA:
Krigets påföljder, svårigheter i det nya samhället. Människan är inte en maskin.

HARUN:
I detta sökte jag också förklaring för hennes fullständiga frånvaro under min uppväxt, men samma flyktingar som vi har festat, firat högtider, barnfödelsedagar, framgångar i skolan, på jobbet men inte hon. Även när jag var den bästa studenten på gymnasiet och när jag började läkarutbildning – kunde ingenting muntra upp henne. Hon skulle säga, mer torrt än stolt: "Bra gjort, det är så man ska kämpa – med kunskap och godhet."

CHRISTINA:
Det betyder att hon trots allt vakade över din uppväxt.

HARUN:
Uppfostran var mycket viktig för henne. Mamma brukade höja pekfingret och betona: "Var godmodig, om inte annat." Vi var så nära, men ändå så långt från varandra. Jag har en skuldkänsla, som om jag inte har gjort tillräckligt. Dessa tankar förföljer mig – vad bar min mamma på innerst inne? *(liten paus)* Efter hennes död, medan jag städade lägenheten, kollade jag noggrant igenom alla hennes personliga tillhörigheter, i omedvetet letande efter något som skulle peka på mammas och pappas liv i Bosnien, och så, plötsligt, i en låda, hittade jag en medalj med ditt namn ingraverat. På nätet har jag hittat din adress, också. En tanke slog mig – det kanske är ett bra tecken för att få reda på mer om mina föräldrar.

CHRISTINA:
Medaljen är en svag länk för att väcka minne om dina föräldrar, eftersom jag förlorade den, tillsammans med handväskan, mitt på gatan i Sarajevo. Jag minns att det var sent på kvällen, samma dag som jag besökte krigssjukhuset i Sarajevo. Vi väntade på att

granatbeskjutningen skulle lugna ner sig för att gå över till den andra sjukhusbyggnaden. Granatbeskjutningen lugnade ner sig, men vi visste inte att prickskytten "jobbat" – ett Sarajevouttryck för de brutala morden av civila.

11.
FLASHBACK: UNDER PRICKSKYTTELD

1992, Sarajevo.

Fullständigt mörkt. Bara en liten cirkel (5–10 cm i diameter) av grönaktigt ljus cirklar illavarslande runt. Ljuscirkeln är uppdelad med fyra linjer, samma linjer som vi ser när vi tittar genom en prickskytts kikare, den genom vilken man kan se i mörkret. Långsamt, mycket svagt upplyst, dök upp en bild av Sarajevo i natt. Rök, bränder, röster i fjärran. Långt i fjärran syns stadsbiblioteket (Vijecnica), brinna och det flimrande ljuset från elden lyser upp runt. Den ljuscirkeln reduceras till en grön laserpunkt som flyger runt och dröjer kvar på invånarna i Sarajevo som springer över gatan. Det är, alltså, uppenbart att "löparna" är i siktet på krypskytten. Vid två–tre tillfällen där längre bort på djupet stannar ljuset på en av löparna, ett skott hörs och där i djupets mörker kan man se medborgare falla, träffade av prickskytten. Ett "utrymme" runt övergångsstället på gatan är upplyst. På båda sidor om "gatan" finns en grupp medborgare i det belägrade Sarajevo som var och en "på sitt sätt" springer över gatan, samtidigt som susande av kulor och enskilda skott hörs.

Christina och dr. Cerić kommer från sidan och stannar bredvid en grupp medborgare, bland vilka finns ett fyllo med en halvtom flaska "Slivovitz" i handen och Damen, en finklädd kvinna, i motsats till de andra Sarajevoborna, vars utseende och kläder är försummade.

DAMEN *(stoppar Dr. Cerić och Christina):*
Stanna! Ni får inte gå över gatan, prickskytten jobbar. Serbiska terrorister satte eld på Vijećnica med granater. Nu låter de inte elden slockna.

CHRISTINA *(till Dr. Cerić):*
Vad händer?

DR. CERIĆ:
Terrorister satte eld på stadsbiblioteket och prickskjutter nu alla som rör sig i närheten. Elden lyser upp oss – vi syns helt klart. Vi får inte ta risker, vi måste gå tillbaka.

DAMEN:
Den som kan bränna böcker har varken kultur eller samvete. Grym är varje människa som njuter av att bränna böcker.

FYLLO *(pekar på en nästan tom enlitersflaska Slivovitz):*
Drack en flaska Slivovitz i väntan på att skiten från bergen skulle lugna sig. Tänkte överraska bästa vännen med en liter gott Slivovitz. *(som om han ropar till någon)* Fan ska du dricka ikväll, bästis.

DAMEN:
Hur uttrycker du dig inför damerna?

FYLLO:
Som det anstår det här jävla stället. Jag står inte framför kungen, utan framför skitiga terroristers kikarsikte.

På andra sidan gatan sticker Löpare ut från gruppen med två vattendunkar i händerna, som skickligt ändrar rörelseriktningen och lyckas springa över "gatan", medan en prick av grönaktigt ljus då och då faller på Löparens kropp och på dunkarna i hans händer. Ett skott hördes. Ett skott avlossades i riktning mot Löparen, men det var uppenbarligen en miss. I slutet av sitt "lopp" stöter löparen på en grupp medborgare på andra sidan. Han är andfådd, men glad.

LÖPARE *(flåsande, segerrik)*:
Yes!

DR. CERIĆ *(beundrar Löparen ärligt)*:
Mycket duktig. Du har tränat på den här löpningen, unge man?

LÖPARE *(andfådd)*:
Varje dag tränar jag den här sporten, sicksacklöpning, framför prickskyttens hårkors.

FYLLO:
Är det en sport!? Då är jag mästare i den där jävla sporten. Ingen är bättre på att sicksacka än jag.

Fyllot tar en klunk och går svävande till andra sidan.

DAMEN:
Stanna! Vart ska du!?

FYLLO:
Dit jag kan uttrycka mig fritt, frun.*(stannar mitt på vägen med flaskan i handen)* Lyssna på detta, fru – var är ni jävla Chetniks!?

DAMEN:
Se vad alkohol gör! Det finns ingen större ondska i världen!

Det kom ett skott följt av kulans förskräckliga visslande. Omedelbart efter det sprack flaskan i händerna på fyllot.

FYLLO *(högt, till osynlig prickskytt)*:
Hehehe! Sug min kuk, jävel! Det var tomt!

Lugnt, som om ingenting händer, rör sig den berusade mannen till andra sidan "gatan". Lasersiktets gröna cirkel sitter kvar på hans kropp, men han tar sig helskinnad till andra sidan.

Från andra sidan "gatan" börjar en kvinna med en dunk springa över gatan. Den gröna prickskyttens prick "går" över hennes kropp och dunken. När hon är halvvägs punkterar prickskytten hennes dunk, med en trubbig stöt från kulan. Vatten börjar läcka från dunken. Kvinnan med dunken gråter förtvivlat och försökte täppa till hålet på dunken med handen och på så sätt förhindra att vattnet läcker ut.

KVINNAN MED DUNKEN:
Förbannade terrorister!

Sarajevobo I, en i gruppen som står på andra sidan gatan, ropar på Kvinnan med dunken.

SARAJEVOBO I:
Ta skydd, kvinnan, du står i det fria!

KVINNAN MED DUNKEN:
Låt mig stå, den sista dunken jag hade är borta. I vad ska jag hämta vatten, nu?

SARAJEVOBO I *(till Kvinnan med dunken):*
Snart har du inget att bära huvudet på, om du inte tar skydd.

KVINNAN MED DUNKEN:
Det gör inget. Jag orkar inte längre, orkar inte! Vi har inte fått en droppe vatten på sju dagar.

SARAJEVOBO I:
Om du föredrar vatten framför livet, dö då.

Emina dyker upp bakom Sarajevoborna I, II och III och vill ta sig framåt. Alla tre försöker stoppa henne.

DR. CERIĆ *(till Christina)*:
Prickskytten jobbar, men folket är helt bedövat på fara. De utsätter sig medvetet för kulor.

KVINNAN MED DUNKEN *(desperat)*:
Förbannade serbiska terrorister! Två barn väntar på att jag ska ta med mig vatten.

På andra sidan tar sig Emina fram mellan Sarajevoborna som utan framgång försöker stoppa henne.

EMINA:
Släpp mig, jag ska hjälpa henne.

DR. CERIĆ *(ropar till Sarajevoborna på andra sidan)*:
Släpp henne inte.

SARAJEVOBO I *(till Dr. Cerić)*:
Håll henne du, då! Ser du inte att hon är helt galen?

DR. CERIĆ:
Säg inte så. Hon är inte galen, utan modig.

KVINNAN MED DUNKEN:
Dunken, den sista dunken jag hade.

LÖPARE *(Han viftar med sin dunk mot Kvinnan med dunken)*:
Kom hit. Ta min dunk.

KVINNAN MED DUNKEN *(reser sig upp och går)*:
Verkligen?

LÖPARE:
Den mest verkliga. Gå därifrån, spring.

När Kvinnan med dunken går till Löparen, springer Emina rakt fram till hennes plats. Emina, som rymt från Sarajevoborna, står precis mitt på gatan och viftar med händerna och skriker.

EMINA:
Mörda mig. Sikta rakt mot magen.

SARAJEVOBO I:
Vad sa jag? Galen!

I det ögonblicket visslade en kula och träffade Emina. Hon böjde sig, men höjde genast huvudet och fortsatte att skrika.

EMINA:
Ha, ha, ha. Kan du inte bättre? I magen, i magen, sa jag.

DAMEN *(Till doktor Cerić och Löparen, högljutt, panikslagen)*:
Hur kan ni titta på det!? ... Ser ni inte att kvinnan är gravid!? *(Desperat)* Rädda henne, gott folk! Rädda den gravida kvinnan!

SARAJEVOBO I *(å sin sida ropar till Damen)*:
Du får rädda henne om du är så snäll!

LÖPARE *(till Dr. Cerić)*:
Varför skulle hon räddas? Kvinnan vill ta livet av sig och hon ska inte störas.

Christina springer mot Emina. Trycker ner henne på rygg. I det ögonblicket hörs en visslande kula. Christina försöker dra Emina åt sidan, men Emina stönar och försöker ta sig loss.

MEDELÅLDERS CHRISTINA *(på engelska)*:
Easy. I can help you.

EMINA:
Låt mig gå! Låt bödlarna göra slut på mig.

De tre Sarajevoborna ser på allt som händer med häpnad.

SARAJEVOBO I:
Dessa kvinnor är helt galna.

DAMEN *(panikslagen, hysterisk)*:
Hjälp dem gott folk! Snälla ni! Snälla!

LÖPARE:
Det går inte att hjälpa. Terroristerna väntar bara på att folk ska samlas för att rädda de sårade och sedan mördar de tio på en gång.

DAMEN:
Åh, jag blir galen om de dödar dem!

Dr. Cerić kommer till Christina och Emina, och försöker med all kraft dra Emina i skydd. Christina, samtidigt med handen, håller Eminas sår.

LÖPARE:
Fy fan, jag kommer att mördas för ingenting.

Löparen kommer också fram och drar tillsammans med Dr. Cerić Emina i skydd. På andra sidan ser Sarajevobo I att laserljuset letar efter ett offer och han drar snabbt skylten "Akta Prickskytt" som står i närheten och viftar med den och ropar.

SARAJEVOBO I:
Aaaah, Chetniks, här, sikta här! Här är vi!

Laserljus faller på skylten som Sarajevobo I viftar med. Kulan träffar visslande skylten som flyger ur Sarajevobo I:s hand.

SARAJEVOBO I *(förskräckt, till de andra två Sarajevoborna):*
Nu går vi. Det är nog med underhållning för idag.

Sarajevoborna I, II och III försvinner skräckslagna från scenen. Samtidigt på andra sidan.

DR. CERIC:
Vi måste ta skydd. Skynda på!

Alla försvinner i mörkret. Ovanför Christinas handväska smalnar det illavarslande grönaktiga ljuset igen till en prickskytts lins.

12.
HARUN FÅR KÄNNEDOM OM MAMMA

10 december 2019, Stockholm, Christinas hem.
Christina och Harun sitter vid bordet.

CHRISTINA:
Det var så jag tappade min handväska, medalj och några andra värdelösa småsaker.

HARUN:
Nåväl, det tunna strået av hopp om att få veta mer om min mamma spricker här.

CHRISTINA:
Tyvärr, redan på morgonen flög jag, på ett militärplan, tillbaka till Zagreb, utan min tantväska. Det var min karma.

HARUN:
Karma på dig – varför?

CHRISTINA:
För jag lämnade alla de stackars kvinnorna, alla de människorna jag betydde något för. Fru Christina skyndade till planet.

HARUN:
Men vad mer kunde man göra?

CHRISTINA:
Mer kan alltid göras. Jag skulle inte ha lämnat staden, nej. Så länge det fanns krig eller liv i mig. Den dagen sköt serbiska terrorister 3 777 granater mot staden. Staden ödeläggs men jag lämnade den, Harun. Och nu lever jag med dessa noteringar, med fotografier och med dåligt samvete. *(sätter sig uppgivet)* Jag kommer aldrig att förlåta mig själv för det.

Kort tystnad, Harun förvirrad, vet ej vad han ska säga, tittar på bordet och fotoalbumet. Samtidigt som han frågar räcker han fram handen och tar fotoalbumet och börjar sedan sakta bläddra i det.

HARUN:
Får jag bläddra i fotoalbumet?

CHRISTINA:
Bläddra igenom om du är intresserad. Det enda vi kan göra ikväll är att minnas alla år som har gått. Jag fotograferade mycket på den tiden. Kanske var det bäst om jag sysslade med fotografering professionellt. Att prata tyst, med bilder, kunde kanske orsaka mindre huvudvärk …

Medan Christina pratar bläddrar Harun igenom albumet och plötsligt förvrängs hans ansikte. Han försöker förgäves få ut sin röst. Christina tittar och ser att Harun har förändrats helt.

CHRISTINA:
Harun, vad händer? Mår du bra?

HARUN:
Mamma. Min mor.

CHRISTINA:
Vad?

HARUN:
Det är min mamma!

CHRISTINA:
Var?

HARUN:
Här med dig.

CHRISTINA *(tittar förvirrad)*:
Din mamma, Emina?

HARUN:
Precis, Emina.

CHRISTINA:
Emina, Kara ..., Karahas ...,

HARUN:
Emina Karahasanović, det är min mamma. Du kommer till och med ihåg hennes för- och efternamn.

CHRISTINA *(helt förtvivlat)*:
Hur kunde jag inte komma ihåg? Emina, den gravida kvinnan som jag räddade från prickskytten.

HARUN:
Var det min mamma? Vad hände egentligen med min mamma?

CHRISTINA:
Jag berättade precis vad jag visste, utan att veta nåt om dig.

HARUN:
Men varför, min mamma ville ta livet av sig hela tiden!? Även gravid, där i Bosnien, varför!?

CHRISTINA:
Varför!? Det var krig, folk blev desperata efter en dunk med vatten. Jag minns att jag tagit hand om hennes skottsår, vilket inte var så illa. Såren på hennes rygg var mycket farligare.

HARUN:
Sår, på ryggen? Från vad!? Vad har hänt med min mamma!?

CHRISTINA:
Detta var faktiskt några gamla sår. De vårdades inte i tid och därför var de väldigt infekterade, sprack vid minsta rörelse och orsakade fruktansvärd smärta och blödningar.

HARUN:
Något hemskt måste ha hänt henne? Varför försökte hon ta livet av sig?

CHRISTINA:
Jag är rädd att jag inte har så mycket att säga.

HARUN:
Jag kan inte finna frid utan att veta vad som har hänt henne.

CHRISTINA:
Plåga inte dig själv. Du har ett helt liv framför dig.

HARUN *(skriker):*
Du måste veta något mer! *(pausar, lugnar ner sig)* Förlåt. Jag bönfaller dig, det minsta du vet är värdefullt för mig.

CHRISTINA:
Alla dessa vittnesmål satte djupa spår i mig och jag kan inte skilja det ena från det andra, de var alla lika viktiga, smärtsamma.

HARUN:
Min mamma – vittne, för vad!? Snälla, berätta. Jag måste få veta sanningen.

CHRISTINA:
Tänk om sanningen smärtar.

HARUN:
Ingenting smärtar mer än ovisshet.

CHRISTINA:
Emina, alltså, är din mamma. Efter förlossningen ändrade hon sig och kom till Sverige, men jag visste ingenting för hon hade aldrig kontaktat mig. Hon isolerade sig där uppe i norr, långt borta från alla. *(Christina tystnar en liten stund)* Hur kom medaljen i hennes händer – vet ej!? Men samma kväll som jag tagit hand om henne, berättade Emina om vad som hänt henne i hemstaden i östra Bosnien, som ockuperades av armén från Serbien precis i början av kriget.

13.
FLASHBACK: EMINAS VITTNESMÅL

1992, Sarajevo, Dr. Cerić läkarmottagning.
Christina och Dr. Cerić rengör och binder såren på Eminas rygg.

DR. CERIĆ:
Du blöder mycket. Hela ryggen är täckt av djupa sår och ärr.

EMINA:
De vill inte läka på månader. Hela tiden spricker de av sig själva vid minsta rörelse.

Christina, som också hjälper till med omplåstringen, kommer närmare Emina.

CHRISTINA:
Vilken typ av människor har gjort detta?

EMINA:
Människor!? De är inte människor. De är blodtörstiga odjur. *(till Dr. Cerić).* Och vem är den här kvinnan som inte talar vårt språk, så att du hela tiden måste förklara för henne?

DR. CERIĆ:
Hon heter Christina, en utlänning, men hon är precis som jag. Hon räddade dig på gatan och bandagerade skottsåret. Nu när du har kommit till sans vill hon gärna prata med dig. Jag hjälper henne med tolkning.

EMINA:
Då så, men hon borde inte ha utsatt sig själv i fara för mig, för jag gjorde det med flyt med tanke på att bli mördad.

CHRISTINA:
Varför?

EMINA:
Förstår du inte varför? *(pekar mot magen)*

CHRISTINA:
Det är svårt att komma över den förnedringen, det är svårt att tänka, tala, men trots allt, vi kvinnor måste hålla ut, vi måste kämpa, så att ondskan inte glöms bort och absolut inte upprepas. Vi måste samla varje uns av styrka vi har kvar *(stannar lite)* för att vittna.

EMINA:
Jag bestämde mig för att tala ut om det för länge sedan. Jag har inget att skämmas över. Låt brottslingarna skämmas, men de känner inte skam ..., är det någon som har en cigarett?

CHRISTINA:
Jag har ett paket cigaretter i min handväska.

Christina vänder sig om, Dr. Cerić kollar runt, också.

DR. CERIĆ:
Om det inte blev kvar där på gatan?

CHRISTINA:
Precis, jag kom ihåg nu. Strunt i det, inget viktigt.

EMINA *(till Dr. Cerić):*
Tappade sin handväska medan hon räddade mig!?*(till Christina)* Nu får du förstå att jag är olycklig både för mig själv och för andra.

Dr. Cerić tog fram ett paket cigaretter ur kappan och erbjöd Emina en.

DR. CERIĆ:
Här har jag det.

EMINA:
Strunt i det. Senare, senare får jag röka. *(längre paus)* Jag föddes och bodde i Višegrad, en stad vid floden Drina, på gränsen till Serbien. Min man arbetade på samma fabrik som jag. Jag var sömmerska och han var maskintekniker. Vi lärde känna varandra och ryktet om vårt förhållande spreds snabbt. Till och med direktören berättade skämtsamt att vårt förhållande är bra för företaget från den ekonomiska sidan, eftersom det kommer att lösa bostadsfrågan för två arbetare i ett slag. Naturligtvis, skulle de aldrig ge oss en lägenhet om min man inte var den enda symaskinsspecialisten, inte bara i företaget utan i hela regionen.

Vi gifte oss och inte långt efter det var vårt största problem, bostadsfrågan, löst. Vi flyttade in, möblerade alla rum och bara det viktigaste saknades. Det vi båda verkligen ville ha – ett barn, vårt, av vår enorma kärlek. *(Emina tystnar en liten stund)* Och han, min man, satt bredvid mig, orolig, precis som jag. Ett blodigt krig hotade. Våra förhoppningar väcktes av nyheter på tv om ett möjligt fredsavtal. Vi hoppades att de krigstida fientligheterna skulle sluta med hot. De kommer överens, hoppades vi. Vem vill ha krig i hjärtat av Europa? Armén från Serbien hade redan ockuperat staden. Folk sprang iväg av rädsla, men vi satt och vaktade vår helt nya lägenhet, för de sa – den som lämnar staden kommer att förlora både jobbet och lägenheten. Den förbannade lägenheten, den största glädjen var vår största fälla och olycka.

Den kvällen …, *(börjar darra)* den kvällen när förövare bröt sig in i vår lägenhet hörde vi bråk, rop, skottlossning i trapphuset och sedan bankanden på vår dörr. Min man reste sig för att öppna dörren. Först kikade han genom nyckelhålet och ropade till mig: "Det är vår armé." Men vår armé var inte längre vår utan skumma, beväpnade serbiska brottslingar. Vårt fridfulla hem förvandlades plötsligt till en håla. Uppståndelse, vilda rop – de stank fruktansvärt av alkohol och svett. De förde min make på knä … *(pausar)*.

CHRISTINA:
Jag förstår, det är svårt. Du behöver inte prata om ...

EMINA:
Jag vill berätta för dig. Jag måste berätta för någon, för det är jobbigt, så påfrestande att bära i mig. *(tystnar lite)* Medan två av dem fortfarande höll i min man, med en kniv under strupen, gick de andra två fram till mig och skar mina kläder med knivar. Blod rann överallt, eftersom de också skar min hud med knivar. Jag har haft såren på ryggen sedan dess. Och, sedan ..., sedan våldtog de mig. Min man skrek och bad om att de skulle släppa mig, och sedan ..., sedan slaktade de honom precis där framför mig. Det var då jag tappade medvetandet. Jag vaknade upp på hotellet "Vilina vlas" bland dussintals tillfångatagna kvinnor och flickor.

Jag var täckt av blod liksom mina sönderrivna kläder som hängde på mig. Kvinnorna runt mig försökte hjälpa mig med att banda såren med trasor från sina kläder. Men jag kände ingenting, som om jag kom ut ur kroppen och tittade på den från sidan. *(tystnar längre)*

CHRISTINA *(för att avbryta tystnaden)*:
Blev du våldtagen på hotellet?

EMINA:
Hela tiden av vår fångenskap, inte bara jag. Alla kvinnor som var där utsattes för våldtäkter, dagligen. Det var fyra tjejer bland oss, bara barn. De våldtogs oupphörligt. En kväll hämtade berusade

serbiska soldater med sig en av de där flickorna och kastade henne framför oss, hon var död. De sa: "Det är ert fel att den här lilla flickan är död." Jag vet att jag inte borde känna skuld, men det gör jag. Jag kommer aldrig över det. Jag tänker hela tiden – har jag kunnat göra något?

CHRISTINA:
Hur kom det sig att du kom hit?

EMINA:
Efter sju eller åtta månader utbyttes alla vi som var i framskriden graviditet mot deras terrorister. De skrattade och sa att de byter soldater. De siktade på bebisarna vi bär i magen. De bebisar som inte är våra, befruktade i ondskans helvete, borde stanna där – i helvetet. Och så kommer det att bli. Fråga de andra, också, alla vi tog samma beslut.

Christina sätter sig bredvid Emina. Christina omfamnar Emina som mamma, medan explosioner av granater hörs runt om.

EMINA:
Sedan min man dog har ingen omfamnat mig. Och så mycket saknar jag mänsklig kärlek, förståelse, värme. Tack.

CHRISTINA:
Du behöver inte tacka mig alls.

EMINA:
Du tappade din handväska och dina saker på grund av mig.

CHRISTINA:
Inget viktigt, några små privata grejer.

EMINA:
Jag är skyldig dig att hitta det.

100

CHRISTINA
Du är inte skyldig mig någonting alls. Tänk inte på det.

EMINA:
Men vad ska jag göra? Allt vänds mot mig. Detta krig och all olycka. Det finns inget hopp för mig.

CHRISTINA:
Säg inte så. Det finns alltid hopp. Du har livet framför dig. I mitt land, i Sverige, är dörren öppen för dig och dina vänner. Där kan du bygga din framtid i fred.

EMINA *(utmattad, apatisk):*
Vilken dörr!? För mig är bara helvetets portar öppna för länge sedan. Jag vill inte gå någonstans, jag vill inte ha en framtid. Min framtid är förstörd, och det förflutna är en tung börda. Hjälp ej mig, sörj ej mig! Bara hjälp mig för att dö och döda den här jäveln inom mig! Jag väntar ivrigt på dödens dag, inte ens att leva livet!

Plötsligt hördes två–tre explosioner i omedelbar närhet.

DR. CERIĆ:
Vilken dag! Du har anlänt till stadens tyngsta beskjutning. Följ mig, vi måste ta skydd någonstans.

EMINA:
Jag vill inte gömma mig alls.

CHRISTINA *(till dr. Cerić):*
Jag stannar här med Emina.

DR. CERIĆ:
Då sätter jag mig bredvid er också.
Ytterligare en granatexplosion och ljuset släcks.

14.
CHRISTINAS OCH HARUNS ÖDE

10 december 2019, Stockholm, Christinas vardagsrum.

Harun sitter i en stol och får kramp av inre smärta. Det finns en grimas av fasa i hans ansikte. Christina står vid honom.

CHRISTINA:
Beskjutningen slutade inte, så vi satt på läkarmottagningen till gryningen. Doktor Cerić, som hade gedigen kunskap om islams grunder, berättade för din mamma om tro, om Gud och Guds beslutsamhet. "Det du vill göra, det är synd – att döda dig själv eller barnet" sa doktorn till henne. "Gud gav dig liv, föreskrev ditt öde. Både ditt och barnets. Christinas och mitt. Till varje man i denna värld. Att avstå från och inte acceptera Guds beslutsamhet är förnekande av Gud."

HARUN:
Är en oäkting Guds utnämning? Är jag inte djävuls spott?

CHRISTINA:
Nej, det är du inte. För vi alla föds som Guds avbild med fri vilja att välja vår väg. Godhet väljer de flesta av oss, men en del ger sig tyvärr efter djävulen och ondska.

HARUN:
Du skulle inte övertala henne från hennes sinne. Hon skulle döda mig, för att inte påminna henne varje dag om all fasa hon överlevde!?

CHRISTINA:
Du hade rätt till sanningen. En hård och smärtsam sanning, men du har ingen rätt att tänka så om dig själv.

HARUN:
Sanningen, sanningen, men inte den som skär mig i bröstet som ett svärd, förstör alla mina drömmar, dödar allt hopp.

CHRISTINA:
De orsakade smärta till din mamma, förödmjukade henne och drev henne till tystnad och död. Detta är precis vad alla förövare vill uppnå – att förödmjuka och skrämma offret så att den tillbringar resten av sitt liv i förtvivlan och tystnad, i orimlig ånger, skuldkänslor och självförnekelse.

HARUN:
Hon uppfostrade mig genom sin sorg och smärta. Nu förstår jag hennes blickar, ibland omtänksamma, ibland ledsna och ibland fulla av ilska. Nu vet jag varför hon inte gläds åt min uppväxt, mina födelsedagar, mina framgångar. Nu vet jag varför hon tagit livet av sig – för att inte se mig sitt ondskeöde.

CHRISTINA:
Precis tvärtom, för henne blev du livets andra mening – en metafor om att med viljestyrka stå emot ondskan, att kunna vittna och därmed trots allt bevara mänskligheten i sig själv.

HARUN:
I min kropp kretsar ondskans blod.

CHRISTINA:
Så länge ditt hjärta alstrar godhet, så länge kommer din mors stjärna att vaka över och driva bort onda demoner från dig.

HARUN:
Min stackars mamma, min stackars mamma, varför berättade hon inte det för mig? Varför valde hon tystnad och död? Om hon bara berättat, så hade jag älskat henne ännu mer. Jag skulle ha förstått allt, tröstat henne ..., jag är så förvirrad, min mamma blev

misshandlad, min mamma blev våldtagen. Vilken hemsk vetskap, vilken förtvivlan som fyller min kropp och själ. Jag är barn till en våldtagen kvinna.

CHRISTINA *(som hostar mer och mer):*
Tung börda, jag förstår, men du kan inte sitta och gråta nu. Du kan inte låta odjuren festa över ditt öde som de njutit av att göra din mamma illa. Sörj din mammas svåra öde, nämn henne med värdighet, men du kan inte falla i förtvivlan och sörja dig själv. Ah, denna förbannade hosta! *(nästan arg)* Jag är också barn till en våldtagen kvinna! *(Harun tittar på Christina.)* Ja, du hörde rätt – jag är också barn till en våldtagen kvinna. Min mamma blev våldtagen, men jag misströstar inte över mig själv, utan jag går till mötet för att stå upp mot ondska och de onda.

HARUN:
Hur kommer det sig nu?

CHRISTINA:
Hur som helst, en halvsyster har jag också. Hon hörde av sig.

HARUN:
Jag vet inte vad ska jag göra, vad ska jag tänka?

CHRISTINA:
Jag visste inte vad jag skulle tänka eller vad jag skulle göra heller. Det var inte långt efter hemkomsten från kriget i Bosnien. En okänd kvinna ringde till mig och sa att vi har samma pappa. Mamman var vid liv då, hon tittade stumt medan jag frågade henne. Hon sa ingenting. Bara en tår, en tungt tår, rann nerför hennes gammla kinden. I tjugo år, känner jag igen min mamma i alla de våldtagna kvinnorna jag träffade i Bosnien. Mannen, jag trott var min pappa, var inte min biologiska pappa. Den biologiska pappan våldtog min mamma och hon berättade aldrig för någon. Allt detsamma som i Bosnien, som förresten, hela

världens förövare är av samma slag – vare sig de här eller där, vare sig de är enkla analfabeter, eller högutbildade akademiker. En förövare är överallt och alltid detsamma, våldsman. Därför valde min mamma, trots vår demokrati, tystnad, precis som din mamma, Emina. Men ikväll kommer vi inte att vara tysta. Det är ett löfte till min mamma, till din mamma, Emina, Maria och alla våldsoffer. Det är dags att gå till mötet.

Christina börjar klä på sig för att gå ut. Tar på sig sina stövlar, sätter en mössa på huvudet.

HARUN:
Men appellen, brevet som vi skulle skriva?

CHRISTINA:
Ser jag ut som någon som sitter i ett varmt rum och skriver en appell? Det kommer jag aldrig att göra. Tal, det riktiga talet har jag skrivit i natt, och nu ska jag personligen visa mitt stöd – genom att både delta och tala.

HARUN *(skakar på huvudet)*:
Ska vi inte vänta på Maria?

CHRISTINA:
Nej, Maria kommer att förstå.

HARUN *(mer för sig själv)*:
Vart ska jag ta vägen, då?

CHRISTINA:
Till mötet – vart annars!? Som bäst läker man sina sår genom att binda andras.

HARUN:
Det blir bäst så.

CHRISTINA:
Och det enda möjliga. Nu går vi. Handke, Nobelpristagare, tillbringade tid på samma hotell där Emina och hundratals andra kvinnor våldtogs. Han tog en segerrik bild i Srebrenica efter det fruktansvärda folkmordet i staden. Nåväl, jag kommer att slänga sanningen i deras ansikten, även om det blir det sista jag gör. *(stannar, kom tydligen på något)* Glömde nästan det viktigaste.

Christina går tillbaka till bordet, ser sig omkring, tittar i sin handväska, går till bordet bredvid fåtöljen och muttrar för sig själv.

CHRISTINA:
Var gömde sig den förbannade medaljen? Hon låg här på bordet, precis.

HARUN:
Jag såg den på bordet, också.

CHRISTINA:
Jag måste hitta det. Här ligger inhalatorn *(pekar på bordet)* och medaljen låg bredvid.

HARUN *(tittar på medicinlådan)*:
Här är den, i medicinlådan.

CHRISTINA:
På rätt plats. Låt oss gå, Harun, vi får inte vara sena.

Så fort Harun och Christina går ut, kort, som i början, hörs dörrklockan, och sedan låses dörren upp och Maria dyker upp i den, tar av sig kappan och halsduken och talar samtidigt.

MARIA:

Här kommer jag. Har appellen skrivits? Jag kan överlämna den personligen, eller, om det behövs, läsa den personligen … *(ser sig förvånat omkring)* Christina, Christina!? Harun!? Var är ni? Vad, ingen är här? De gick väl inte till mötet!? Självklart att de gick. Hur kunde jag vara så naiv? Hur kunde jag tro att jag kunde övertyga henne att avstå från mötet till förmån för sin hälsa? Hur kunde jag ens tro att Christina skulle svika sina principer? *(tar fram sin flaska)* Då får vi svika dem båda. Skål! *(tar en bra klunk, ser sig sen omkring i huset)* Titta här! Hon glömde sin inhalator. *(på väg ut går hon förbi hängaren)* Och halsduk, ingenting nödvändigt tog hon med sig. (*Går ut, stänger dörren, men kommer snabbt tillbaka.)* Vantar, också.

Går ut lika snabbt igen.

15.
CHRISTINAS TAL

10 december 2019, Stockholm, Norrmalmstorget.

Norrmalmstorg på natten. Bosnier, Srebrenicas mödrar och stockholmarna samlas. Christina och Harun dyker upp mitt bland de samlade människorna. Christina tar några steg fram. Senare, medan Christina pratar, dyker Maria upp från sidan, stressad, flämtande med uppknäppt kappa. Hon stannar och tittar på Christina som håller tal. Christina lägger märke till henne vid något tillfälle och nickar kort med huvudet. Maria skakar bara på huvudet i misstro.

CHRISTINA:
Jag heter Christina Doctare, läkare med ett förflutet som expert i Krigstribunalen och Sveriges representant i kommittén mot tortyr i Europarådet. Jag arbetade som läkare i kriget på Balkan med uppdrag att rehabilitera krigsskadade och traumatiserade. Jag kom att bli den första som rapporterade om de systematiska våldtäkterna i kriget. Aldrig trodde jag väl att jag skulle behöva stå här idag, 27 år efter kriget, och vittna om det som faktiskt hände.

Jag var också vittne till när det kom busslaster med kvinnor och barn från Srebrenica till den bosniska staden Tuzla. Männen blev kvar i Srebrenica och gick mot en säker död. Nobelpriset i litteratur till Handke har blivit en generell amnesti för krigsförbrytelser – som en generell amnesi för att kunna glömma och förneka vad som faktiskt hände. Nu är det fritt fram att komma med halvsanningar och så kallade alternativa fakta.

Nobelkommittén som valde Handke bestod av fem personer, varav två har haft den goda smaken att avgå. Tre personer sitter halsstarrigt kvar och vägrar att erkänna att de har begått ett fatalt misstag. Av alla författare väljer de en som förhärligar en av de värsta krigsförbrytarna i vår tid. De har devalverat Nobelpriset för all framtid. Dessa tre har definitivt inte lärt sig den historia som är vår historia. Genom att förneka vad som faktiskt hände förnekar de mig och mina erfarenheter som jag har fått när jag med risk för mitt eget liv rapporterade om monstruösa brott.

Tala inte till mig om att litteraturen står över krigsförbrytelser. Skäms, för ni har visat att ni inte lärt er något av de händelser som den senaste tiden har skakat den svenska akademien som framstår som en sluten sekt, extremt dysfunktionell. Ni är inte för Akademien, ni är för åsnebänkarna – ut med er alla! Mitt liv har aldrig blivit detsamma efter vad jag var med om i kriget. Det har förändrat mig för alltid. Detta är min sanning och ta den inte ifrån mig. Så länge jag lever skall jag vittna om vad jag har varit med om i detta förfärliga krig som aldrig kan förnekas.

Christina tar bort Nobelmedaljen från slaget på sin rock och höjer den högt. Nu dyker en stor Nobelmedalj från taket. Alla tittar upp på medaljen som sakta sjunker och sedan plötsligt lossnar och faller ner i leran nedanför. Under den tiden tog Maria fram sin fickplunta och i det ögonblick hon skulle ta en klunk mötte hennes blick Christinas och nästan samtidigt som medaljen föll kastade hon sin flaska i samma lera.

SLUT

Mirsad D. Abazović, prof. emeritus

Sead Košević: "Christinas löfte" (Drama)

"Jag märker gång på gång att dåliga människor i den här världen håller ihop även om de inte tål varandra. Det är deras styrka. Goda människor är ensamma och det är deras svaghet." (*Jevgenij Jevtusjenko*)

Att det finns slumpartad händelse i livet är acceptabelt, men bara villkorligt; och att hela vårt liv är en outtömlig sekvens som vi kallar för tillfällighet är ohållbart. Något kan hända eller hända över alla våra förväntningar och bortom vår vilja, och vi kallar det något slumpmässigt. Men när vi tänker efter – är det bara en slump eller har många saker från våra liv kombinerats till en punkt och vi kan inte omedelbart bearbeta den punkten rationellt och som en varelse inom vars hukar sammanvävda urinstinkterna, i självförsvar kallar vi det för – slumpen. Det är villkorlighet. Och eftersom livet inte bara är en serie av sådana händelser, kan livet inte skapas som en serie vi, som sagt, kallar tillfälligheter.

Varför denna inledning?

En eftermiddag fick jag plötsligt ett meddelande från Sead Košević, som jag kände inte personligt, där han i en artig ton och med noggrant utvalda ord säger till mig att han har en text som han skulle bli glad om jag skulle vilja läsa och uttrycka mig om. Jag svarade också artigt till Sead och sa att jag skulle vilja få hela texten att läsa, eftersom jag aldrig har kritiserat eller berömt någonting utan att se det i sin helhet. Hittills kunde allt ha varit "en slump"; efter det började livet och inget av en slump alls. Jag kommer inte att återberätta texten, jag ska bara blygsamt uttrycka mitt intryck av det jag läst.

Texten skrevs som en pjäs, med titeln "Christinas löfte". Texten är varken enbart fiktion eller enkel fantasi, utan en slags dokumentär och dokumentarisk beskrivning och presentation av en verklig persons, Christina Doctares, arbete och kamp. Christina är en

110

svensk kvinna, läkare, författare till flera böcker, aktivist och fredskämpe. Hon är en av de mest förtjänta personerna som gjorde världen medveten om de systematiska och av systemet styrda våldtäkter av kvinnor i BiH under aggressionen mot det suveräna landet.

Författaren uttänkte dramat utifrån principen att varva nu- och dåtid i 15 scener, med hjälp av "flashbacks", men i bakgrunden är, i själva verket, ett spel av mörker och ljus. Košević satte upp det nästan mästerligt. Handlingen flyter som en flod: källa, flöde och inlopp, sedan, som att simma uppströms, återvänder den från inloppet till källan, och både nedströms och uppströms, möter rev som är både frälsningsöar, och dödsfällor. Texten är utan tvekan bra på många sätt, och framför allt användbar som ett slags dokument om medmänskliga relationer och samrelationer, om ärlighet och oärlighet, framträdande och mimikry. Stilen, uttrycket, rytmen, dynamiken och konsistensen är korrekta, ömsesidigt stödjande, spännande och samtidigt lugnande. Texten är varken enradig eller rak. Det vimlar av kaskader, resor och återvändande, som en karusell, en helhet med individualiteter, och allt hänger ihop och inte en enda del går förlorad i någon nisch eller helt enkelt i författarens glömska fack. Nej, ingenting är förlorat, allt bildar en konsekvent helhet.

Berättelsen (dramat) "Christinas löfte" är ett pregnant tal om gott och ont, sanning och lögner, adel och brott, humanism och hyckleri, moral och omoral, filantropi och omänsklighet, mänsklighet och odjur, bredd och trånghet, intelligens och dumhet, blygsamhet och arrogans, välvilja och elakhet, om onda andar och goda själar. Inom dessa bestämningsfaktorer och intermediärer analyserar och ifrågasätter författaren skoningslöst beteendet hos både de goda och de dåliga på den globala och lokala nivån, och dessa två nivåer är nästan en i modern tid – allt lokalt reflekterar på det globala, såväl som globalt på det lokala.

Enligt god-dålig-matrisen byggde Košević också karaktären. Det är absolut inte en grov och enkelriktad matris, men jag använder den i denna presentation som ett hjälpmedel för att tala om i en nödvändigtvis begränsad form. De goda har ett namn, för de är mänskliga. Christina, Harun, Maria, Dr. Cerić, Emina ...

De dåliga är namnlösa – akademiker (I och II), tjänsteman (I och II), WHO-aktivist (I och II), ortoped. Även om de är namnlösa är de också mänskliga i fysisk bemärkelse, men i aktiv bemärkelse befinner de sig på andra sidan moralen och i allmänhet på andra sidan mänskligheten.

Andra karaktärer är neutral dekor.

Förutom namnet som identitetsbemärkelse är namnen på goda människor mycket betydelsefulla. Christina – troende, syndfri; Maria – älskad, men också bitter och ledsen. Harun – upphöjd, budbärare; Emina – trogen, ärlig, pålitlig, säker. Cerić – (cer), ek, ett ädelt, rotat träd med en stark central rot.

De namnlösa är karaktärslösa, men de finns där som ett bittert öde, ett öde som inte låter de goda leva i fred.

Texten tematiseras i termer av relationen och korrelationen mellan nutid och dåtid, men med faktum att det förflutna inte dominerar nuet och inte heller nuet förmörkar det förflutna. Författaren har helt enkelt vävt en slags fläta genom att spegla det förflutna i nuet med ett brett raster av det förflutnas färger, och nutiden försöker leta efter ett alibi och berättigande för alla dess brister och misslyckanden i det förflutna som en allmän och jourskyldig. Människan är ägare till både det förflutna och nuet, men det är viktigare att det förflutna och nuet är människans ägare. Naturligtvis också icke-mänsklig.

För människan och mänskligheten, det ödesdigra förhållandet mellan dåtid och nutid, talar författaren återigen genom motsatserna till gott och ont om samma tillvaro – brott. De onda, plågande mänsklighetens sinne och samvete, stöder tilldelning av Nobelpriset i litteratur till en författare, en person, som förnekar krigsförbrytelser, inklusive brottet folkmord mot bosnier i

Srebrenica 1995, samtidigt som hen beundrar de brottslingar som var och förblir arkitekterna bakom dessa brott. Medan de goda, till varje pris, inklusive sin egen hälsa, motsätter sig det starkt. Självklart kan sättet jag säger det antyda en förenklad schematisering av presentationen av gott och ont. Så är på intet sätt fallet. Kärnan ligger i varningen att endast specifika onda handlingar finns i det förflutna, och att, så länge det finns onda människor, bör nuet vara på alerten så att sådana och ännu värre illdåd inte blir verklighet i nuet. För bakom frackar, diadem, breda leenden, artiga handslag och andra övade trevliga seder kan Procrustes gömma sig. Naturligtvis är generalisering utesluten, men försiktighet är säkerhetens moder. Som på scenen, förresten; du kan se allt på scenen och proscenium, du kan se kulisserna, skådespelare och statister, strålkastarna lyser upp den "världen" med gnistrande ljus, men trådarna dras av dem bakom scener – regissör, inspicient, sufflör, ljudmästare, ljusmästare. De gör föreställningen. Om de gör bra ifrån sig blir pjäsen också bra, om de är dåliga blir den ett fiasko för alla. Precis som poeten sa: "*Det finns lite glädje på vår planet. Må framtiden binda oss med glädje. I det här livet är det inte svårt att dö. Att bygga ett liv är mycket svårare.*"

Jag kommer inte att gå vidare med själva Sead Koševićs text. Helt enkelt, de som konsumerar den i någon form kommer att bilda sin egen uppfattning. För att återgå till början, till begreppen slump och tillfällighet. Sammanträffande ville att jag skulle få den här texten. Allt efter det är ingen slump. Ingen och inte alls.

Iso Porović, skådespelare, regissör, poet

En text för framtiden

En mycket komplett pjäs – både för framförande på scenen och för läsning. Ett väl iscensatt drama och det kan säkert vara som ett dokumentärt-litterärt verk. Jag tror att detta drama i framtiden kommer att betyda mycket, både för vårt folk och för andra.

Christina Doctare

Mitt Bosnien

Att prisa Handke, en folkmordsförnekare, är det bästa beviset på spel bakom kulisserna där medvetet varje idé undergrävs för överlevnaden av ett unikt land – Bosnien. Mitt Bosnien, där mänsklig vänlighet och behovet av samexistens byggde broar av vänskap, kärlek och tolerans. En synagoga, en ortodox kyrka, en katedral och en moské ligger inom några hundra meter fågelvägen i Sarajevo. Ingenstans i världen är tron så nära, så hjärtligt, så naturligt sammanväxta. Istället för att bevara detta, århundradena, kulturella värde uppmuntrade och fortfarande uppmuntrar våra europeiska politiker de destruktiva krafterna genom att hetsa upp lokala krigshundar för att slita isär detta unika land. Och de kunde utnyttja det. Den fruktansvärda invasionen skedde från alla håll och med alla vapen. Städerna belägrades och befolkningen utsattes för hunger, rån, mord, och alla andra typer av våld. Min enda tanke i alla år var hur man skulle stå upp mot det blinda hatet och våldet, hur man avslöjar allt detta våld mot Bosnien och dess folk. Det är därför jag är oerhört tacksam till Sead Košević för hans arbete.

Om författaren

Sead Košević föddes i Višegrad 1959, där han bodde fram till början av aggressionen mot Bosnien 1992. Idag bor han i Sverige.

Han arbetade som journalist och korrespondent för dagstidningen *Oslobodjenje*, *RTV BiH*, *As* och flera andra tidningar. Han var en professionell journalist i tidningen *Maglic*, redaktionsledamot i tidningarna *Drinske novosti* och *Višegradske novine*. Han skriver artiklar om sociopolitisk problematik samt artiklar om sport- och kulturevenemang. Dessutom skriver han kommentarer och har ständiga satirisk-humoristiska spalter.

I början av åttiotalet i *KUD Hamd Beširević* grundade Sead och ledde en dramaensemble där han regisserade flera pjäser och två av sina egna komedier.

I Sverige deltog han i bildandet av Bosniska Riksförbundet, tidningen *Glas BiH*, för vilken han var chefredaktör mellan 1995 och 2000. Han grundade en förlagsverksamhet genom vilken flera böcker publiceras och var initiativtagare och projektledare i utgivning av svensk-bosniska lexikonet, första upplagan. Han har bland annat publicerat två diktsamlingar av akademikern och författaren Abdullah Sidran, *Planeten Sarajevo* och *Varför sjunker Venedig* (svensk-bosniska upplagan).

Košević ordnar flera paneler för bosniska författare och politiker. I flera år ledde han projektet *Att leva tillsammans,* som bidrog till demokratiska processer bland bosnier som bor i Sverige.

Han anordnade även flera kulturevenemang såsom Bosniska filmfestivalen i Stockholm, besök och Sverigeturne av bosniska teatergrupper, konstutställningar, m.m.

CHRISTINAS LÖFTE
Sead Košević

KONSULENT:
Hasan Džafić

RECENSION:
Mirsad D. Abazović, professor emeritus

OMSLAG ILLUSTRATION:
Alija Arnautović, konstnär

KORREKTURLÄSNING
Emina Vojniković

KORREKTUR
BoD

BoD, Stockholm, 2024